お願いおむらいす

小学館文庫

お願いおむらいす

中澤日菜子

小学館

目次

お願いおむらいす

アパートの外階段を、なるたけ音を立てないように太一は上る。

バイト上がりの夜十時。太一にしてみればまだ宵の口だが、ひとによってはすでに深夜らしく、以前同じ階の住人に「うるさくて起きてしまう」と苦情を言われたことがある。争いを好まない性質の太一は、それ以来、夜間の出入りに神経を使うようになった。

「ただいま」

玄関のドアを閉めてからなかに声をかける。

「おかえんなさい」

右の奥、居間として使っている六畳の和室から、綾香の声が返ってきた。

キッチンと三畳ほどのダイニング、それに六畳と四畳半。築二十年、２ＤＫのこの狭い木造アパートが、現在の太一と綾香の住まいである。一緒に住み始めてもう三年になる。籍はまだ入れていない。

ダイニングテーブルにデイパックを置き、なかから弁当箱を取り出す。ギンガムチェックの包みを解き、いつものように弁当箱を流しで水につけようとしたとき、綾香が呼んだ。

「太一っちゃん、ちょっとこっち来て」

「待って。今弁当箱を」

「いいからそんなの。早く来て」

切り口上の綾香に、太一はややむっとする。ふだんは「かえってきたらまっ先に弁当箱を水につけとけ」とうざいほど言うくせに、それがなんだよ「いいからそんなの」って。

綾香は御年二十九歳、太一の五つ上の姉さん女房である。内気で優柔不断な太一に対し、綾香はどちらかというと勝気でものごとの決断も早い。もっとも太一にしても、そんな綾香がそばにいてくれるからこそ毎日の生活がなんとか成り立っていることは重々承知しているのだが。

言われた通りに弁当箱は放置し、和室に入る。ローテーブルを前に、テレビもつけずに綾香が正座していた。

なんだどうした。太一は不思議に思う。いつもなら寝そべってビールなぞ飲みながらテレビを見ている時間だのに。太一が座るやいなや、綾香がおごそかに言う。

「できました」

「んあ？」

意味がわからず問い返す。

「だからできたの」

「なにが」

「赤ちゃん」

そう言って綾香はまっすぐ太一を見つめた。

赤ちゃん。そのことばが太一のなかで意味を成すのに数秒、かかった。

「そっか」

そう言ったきり、ふたたび太一は沈黙してしまう。

やがて綾香が、静かに、けれど決然と言う。

「産むから、今度は。今度こそ、あたし、産みたい」

一年半ほど前にも、綾香は妊娠した。そのときも綾香は「産みたい」と主張したのだが、生活のことじぶんがまだ若いことなど太一が不安を訴え、話し合っている間にかんじんの赤ちゃんが流れてしまった。そういう経緯があっての「今度こそ」なのだった。

「あたしもうすぐ三十だし、歳取るとますます流産とか増えるみたいだし」

「うん」

「親も『いいかげんちゃんとしろ』ってうるさいし」

「うん」

「だからね太一っちゃん、バイト辞めてちゃんと就職して。ふたりで働いて、がんばってこの子、育てよう」

綾香の手が下腹部にそっと添えられた。

バイトを辞める。就職する。その選択には、さすがに太一もすぐには「うん」とこたえられない。

「でもおれギターが」

「……わかってる」

「プロになりたいし、まじで」

「わかってるよ」

「まだ二十四だし、やっぱ就職とかそんなん今すぐには」

太一はことばを切る。綾香の頬を伝う涙に気づいたからだった。

ギタリストとしてのメジャーデビューを夢み、太一が故郷の酒田市を離れ上京したのは、高校を出てすぐの四月のことだった。

中学のころからバンドを始め、高校のときは定期的にライヴハウスで演奏もしていた太一は、酒田ではちょっとした有名人で、小さいながらファンクラブもあったし、地元エフエム局にちょくちょくゲスト出演などもしていた。

だから太一は、おのれの成功をひとかけらも疑っていなかった。東京に出さえすれば、チャンスは向こうからやってくる。東京に出さえすれば——

だがもちろん現実はそんなに甘いものではなく、オーディションを受けては落ちを繰り返し、あっという間に六年が過ぎてしまった。今太一は二十四歳。コンビニでアルバイトをしながら、フリーのギタリストとして、おもに路上でライヴ活動をつづけている。

もちろんそのことは綾香も承知している。どころか応援してくれていたのだ。昨日までは。いや、きっとほんの数時間前までは。

「……ごめん。でもやっぱりおれ」

綾香の眼を見ないようにしながら太一はことばを継ぐ。

「もうちょっとがんばりたい。今みたいな感じで。だから……就職とか、その、子どもとかは、あの……」

沈黙がふたりの間に降りてくる。ふだんなら太一の三倍は喋る綾香がひと言も発さない。百の文句より千の罵倒より太一にはそれが辛かった。

どれくらいの間、そうしていたろうか。やがて無言のまま綾香は立ち上がり、キッチンへ向かう。こちらに背中を向けたまま、洗いものを始めた。食器の鳴るかちゃかちゃ音を聞きながら、明日はさすがに弁当なしだろうな、太一はぼんやりと思う。

二週間後。

真新しいスーツに身を包み、大いに緊張しながら太一は全面ガラス張りのタワービルの前に立っていた。今日が初出社日で、だから今日から太一のサラリーマン人生は始まるのだった。

あの翌朝、昼近く起き出した太一がキッチンで見つけたのは、ダイニングテーブルに置かれたいつもの弁当箱と一枚の紙だった。

もしや三行半（みくだりはん）？　裏返しにされたその紙を、恐るおそるひっくり返す。だが印字されていたのは手紙ではなく、一件の求人広告だった。

「株式会社ロックン・ラッシュ　正社員募集のお知らせ」。

ロックン・ラッシュは、老舗のロック系雑誌出版、およびイベント制作会社である。太一はもちろんロックン・ラッシュ発行の雑誌の愛読者であるし、主催イベントやフェスティバルにもたびたび足を運んでいる。あの雑誌に取り上げてもらいたい。このフェスティバルに出演してみたい。いわば憧れの会社であった。

そのロックン・ラッシュが社員を募集している。招ばれるほうかそれとも招ぶほうか。立場はずいぶん異なるけれど、でも「音楽業界に身を置く」という事実に変わりはない。気づくと太一はパソコンを立ち上げ「ロックン・ラッシュ」と打ち込んでいた。

こんな人気企業に受かるわけがない、綾香の手前とにかく「やる気はあるんだぞ」とアピールできればそれでいいと、たかをくくっていた部分もある。そしてずるずるとアピールを重ねる間に、なんとかギターで身を立てられるようにする。要は今の生活をなんとなくそのままつづけちゃいたい。それが太一の本音だった。

だが。よもやのまさか。

いったい太一のどこがどうよかったのか、とんとん拍子に話は進み、太一はロックン・ラッシュに正社員として採用されてしまったのだった。

綾香も綾香の両親も、そして太一の両親すらも、涙が出るほど喜んだ。母親なぞ「おまえを産んで二十四年、初めて奇跡が起きた」とまで言い出す始末だった。浮かない気持ちなのは太一ただひとり。

とはいえ有名企業、それも憧れの音楽業界に入ることができたのだ。このチャンスを逃すのはあまりにも惜しい。太一は無理やりじぶんを納得させ、今日この日を迎えたのだった。

巨大なビルを前にして、太一は大きく深呼吸をした。ここ青山一丁目のオフィスが、今日、九月二十八日からじぶんの職場となるのだ。ビジネスバッグを握る手に汗が滲む。

このバッグは「就職祝いに」と綾香がプレゼントしてくれたものだ。ビジネス用にしてはマチが大きい。太一がそう指摘すると、「だってこんくらいないとお弁当入んないっしょ」綾香は得意げに微笑んだものだ。

オフィスに来るのは最終面接以来だ。まだここがじぶんの会社だという実感がない。正面玄関を通り、十八階のオフィスを目指す。まずは総務部の坂田部長のところへ顔を出せと言われている。

エレベーターを降りるともうそこはロックン・ラッシュの社内だった。スーツすがたの男女が大勢、忙しそうに行き交っている。

どこだ総務部は。太一はきょろきょろあたりを見回す。と、折よく通路の先のほうから、見覚えのある男性が小走りでやってきた。最終面接のとき役員たちの横でずっと貧乏ゆすりをしていたのでよく覚えている。

「部長！　坂田部長！」

呼び止めると、坂田部長が足を止め、

「えーときみは、えええーっとぉ」

眉間に皺を寄せ、考える。

「新入社員の浜口太一です。今日からお世話になりますッ！」

きっちり直角に腰を曲げ、挨拶した。

「あーそうかそうかそうか。あーそうだそうだそうだ。あーよかったよかった待ってたよ浜口くん！」

坂田部長が太一の両手を握りしめ、大きく上下に振る。そんなに待たれていたのか、おれという人材は！　太一は感動に震える。

「じゃ、さっそく行こうか」

太一の手を掴んだまま、坂田部長はせかせかと歩き出した。

「はいッ！」

元気よく太一はこたえる。

で、いったい。

じぶんはどこに向かっているのだろうか。

首都高をぶっ飛ばすマイクロバスの座席で、太一は不安にかられる。

あのままてっきり配属先に行くのだとばかり思っていた太一だが、連れて行かれたのはビルの地下にある駐車場で、そこに停まる一台のバスに太一は坂田部長によって押し込まれた。

「あの、部長」

　質問しかけた太一の声は、

「これで最後だから。運転手さん、あとよろしく！」

　部長の大声でかき消される。そのままバスは発車し——今ちょうど高井戸インターを過ぎ、中央道に入ったところだ。

　太一は周囲を見回す。二十ほどある座席はほぼ満席で、男女半々くらい。年齢も十代に見える若い子から、太一の父親くらいの年嵩までと幅広い。みな不機嫌そうに黙りこくり、内気な太一に声がかけられるような雰囲気ではない。

　その沈黙を埋めるように、さっきから同じ曲ばかりが繰り返し車内に流れている。アイドルとおぼしき女性ヴォーカルの歌で、太一の知らない曲だった。サビの部分は「お願いおむらいす」。オムライスに、いったいなにを願うのか。何度聞いても太一には理解できない。

　太一はあらゆることを諦め、窓から外を見やった。九月下旬の空は、まだ夏の色を残して青く濃い。ビルの頭越しにむっくりとした入道雲が見える。「お願いおむらいす」を連呼しながら、バスは快調に走りつづける。

バスが停まったのは、東京郊外に広がる広大な公園の駐車場だった。正面にそびえるのは、巨大なオレンジ色のぶたの頭が載っかったビニールのアーチ。「ようこそ〈ぐるフェス〉へ！」という看板が掲げてある。太一はぼう然と見上げる。ぶたの頭とロック。いったいなんの関係が。

アーチをくぐると、別世界が広がっていた。

会場の際に沿って、ずらりと並ぶ色とりどりの屋台。翻る幟や看板からして、ほぼすべて飲食店のようだ。大地は緑の芝生に覆われており、中央には白い巨大なテントが張られ、なかには長いテーブルと椅子が幾列も並んでいる。

いったいここは。疑問を呈する間もなく、太一たちはこれまたオレンジの「本部」と書かれたテントに誘導された。なかに入る。ここにも長机とパイプ椅子が何列も置かれ、すでに大勢のひとが立ち働いていた。

「浜口太一くん？」

とつぜん真後ろから声をかけられ、驚いて振り向く。例のぶたの顔が描かれたオレンジ色のTシャツを着た女性が立っていた。綾香と同い年くらいだろうか。背は低いのだが、意志の強そうな眉と目をしており、全体に迫力があった。

そのやや後ろに、男性がふたり、これも揃いのTシャツを着て控えている。ひとりは若い、背のひょろっと高い男で、金に近い茶色の髪にくしゃっとしたパーマをかけている。もうひとりは五十代後半くらいのおじさんで、痩せて骨張った、どこといって特徴のない男だ。

「はい」

「京極夏海です。清掃部門のチーフです。よろしく」

女性は軽く頷き、切り込むようにことばを発した。反射的に太一は頭を下げる。

つづいて夏海は後ろのふたりを示した。

「紹介するね。こちらが中村浩さん。バイトさんです」

「よろしくお願いしますね」

おじさん＝中村浩がひとの好さそうな笑みを浮かべる。太一もせいいっぱいの笑顔を作り、

「よろしくお願いします」

お辞儀をする。つづいて夏海は若者を指し、

「で、こっちが同じくバイトの高田裕二くん。高田くんはここでの経験がいちばん長いんだよね。ま、長いだけだけど」

辛辣なひと言を付け足した。

「ンなことないすよォ」

　裕二がにやにや笑いながら馴れ馴れしく言うのを、夏海は冷たい眼で見返す。

　どうやらこのふたり、ケンアクらしいぞ。揉めごとの嫌いな太一はこころのメモに「夏海×裕二＝避ける」と書き込む。

　腕時計をちらりと見た浩が「そろそろ行きましょうかねぇ」と誰にともなく言い、歩き出した。

　あわてて太一は、

「あの、行くってどこへ。てかそもそもじぶんはなにをすれば」

　夏海と浩を半々に見ながら聞く。夏海が顔をしかめた。

「なに、そんなコトも聞いてないわけ」

　太一が頷くと「ったく坂田さん相変わらずいーかげんなんだから……」ぶつぶつつぶやきながら、早口で喋り出した。

「うちらは清掃部隊。この〈ぐるフェス〉全体の。清掃チームはぜんぶで三つあって、ちょっとずつ時間をずらしながら園内を掃除して回ってるの。なんかあったら本部のあたしから中村さんに無線で連絡入れるから、そういうときは臨機応変に動いてね」

「あ、はい」

　口のなかだけで返事しながら、太一は少なからぬショックを受ける。

「とにかくまず着替えて。控え室はあっち」

「あ、あの。自分はロックフェス事業部に配属されたのでは」

Tシャツを差し出す夏海に向かって必死に問う。夏海は冷めた眼でこたえる。

「違うよ。浜口くんの配属先はここ〈ぐるフェス〉事業部。その清掃管理部」

「で、でもこの会社は」

「当社は」

すかさず夏海が正す。

「と、当社はロックの雑誌出版やイベント制作の会社では」

「ちょっと前まではね。でも今は多角化してグルメイベントも手掛けてるの」

なんということだ！　いつのまにロックン・ラッシュがキッチン・ラッシュに⁉

「はいはい、開園まで十分切ったよ。さっさと行く、行く！」

夏海が手を叩いて男たちを追い立てる。

ぼう然としたまま浩や裕二といったん別れ、控え室に向かいかけた太一を「あ、ちょっと待って浜口くん」夏海が呼び止め、四角いプラスチックのカードケースを手渡す。

「社員証。首からぶら下げといて」

太一はまじまじと、その名刺大の社員証を見つめる。

「株式会社ロックン・ラッシュ　ぐるフェス事業部　清掃管理部　浜口太一」。添えられた写真は、確か最終面接のときに撮られたものだ。なにか熱帯の奇妙な植物でも踏んでしまったような、そんな顔をしていた。

　十時の開園と同時に、ものすごい数の客が園内になだれ込んできた。〈ぐるめフェスタ〉略称〈ぐるフェス〉は、年に二回、春と秋に東京郊外の広大な公園の一角を借りて開かれる「あらゆる食のお祭り」である。今回の会期は秋分の日にあたる九月二十三日から十月十四日まで。秋の〈ぐるフェス〉というわけだ。ほぼ完全な円形をした芝地のまんなかに椅子とテーブルを並べた飲食スペースがあり、雨の日でも客が濡れることがないよう、巨大な天幕が張ってある。その飲食スペースを囲むようにして、海鮮から餃子、日本のご当地グルメからクロアチアやエジプトといっためずらしい各国の料理まで、さまざまな「食」の屋台が並んでいる。

　ほかにも子どもが喜びそうなミニ遊園地やアイドルによるライヴパフォーマンス、さらには食べ疲れたひとのためのマッサージブースまでが巨大な園内に用意されていた。

　その規模の大きさ、ひとの多さに、太一が圧倒されていると「ほら。さっそく出番スよ」裕二がほうきで前方を指した。見ると若いカップルの足もとに、肉まんをくるんでいた白い包み紙が丸められもせず落ちている。

出番と言われても。太一はとまどう。そもそも「じぶんの仕事＝清掃」という覚悟というか意識がまだできていない。予想と現実の生み出すギャップに、もろに落っこちてしまった気分だ。

なかなか最初の一歩が踏み出せない太一を、裕二はしばし眺めていたが、やがて諦めたのか小走りでカップルのそばへ近づいてゆく。

「すみませーん、お客さま、失礼いたしまぁす！」

裕二の、地声とは似ても似つかぬ爽やかな声が響き、これにはさすがのカップルも「おや？」という顔で振り向いた。裕二は満面にこれまた爽やかな笑みを湛(たた)えたまま、

「お足もと、失礼いたしまぁす！」

腰をかがめ、すばやく紙くずをちりとりに入れた。そのままなに食わぬ顔で周囲を適当に掃き、人混みを器用に縫って太一の横に戻ってくる。

「すごいですね」

その手慣れたようすに思わず、太一は感嘆の声を発する。

「ま、長いスからねこのギョーカイ」

まんざらでもなさそうな顔で裕二がこたえる。つづけて反対に質問してきた。

「浜口さんっていくつなん？」

「二十四です」

「あ、なんだ年下なんスねー」

「高田さんは」

「おれスか。おれは二十七。来月で八スね」

「あ、年上なんだ。じゃ敬語とか使わないでくださいよ」

先輩でもあるうえに歳も上と知り、太一が恐縮すると、裕二は軽く手を振った。

「や。歳は下でも社員さんスから。やっぱバイトとは違うし」

「いえでも、社員っていっても採用されたばっかりですし……」

今日が初出社日だとは、さすがに言えなかった。

「ほらほら。口はいいから手を動かしましょうよ」

いつのまにか横に立っていた浩に、やんわりと注意される。

「はい」

「ふぇーい」

太一と裕二、同時に返答する。浩は頷くとそれ以上はなにも言わず、ごみ箱の周りを片付けに歩いていった。太一もあわててあとを追おうとするが、裕二にＴシャツの裾を摑まれた。

「いいっておっさんに任しときゃ」

「え、でも」

「どーせまた汚れるし。二十分後には別のチームが来るんだし。わざわざやることないスよ」

そう言って裕二はさっさと次のエリアに進んでゆく。一瞬迷ったが、とりあえず裕二についていくことに決め、太一はあとを追う。これまた適当にほうきを動かしながら裕二が教えてくれる。

「おっさんね、あ、中村さんね、バイト始めたの一年くらい前なんスけど、それまではちゃんとした会社に正社員で勤めてたんだって。それがリストラされて、んでこの会社に」

「へぇ。いくつなんだろ」

「五十八って聞いたな、確か」

「え、そんな歳で」

若いバイトに交じってこんな仕事を。思わず言いかけ、かろうじて止めた。だが、裕二には思いっきり伝わってしまったらしい。窺うように眼を細めて裕二がつぶやく。

「な。そんな歳でな。ごみ拾って、若いねーちゃんに顎で使われてな。みっともねーよな。てか情けないつーかさ」

「……はあ」

いちおう正社員として、なんとこたえるべきか迷っていると、

「なんかさ、大変みたいよ中村さんチ。受験生の子どもがいて、奥さんとおかーさんがいて。働くしかねえってゆうか。仕事選んでる場合じゃねえってゆうか」

同情とも憐れみともさらには侮りとも取れる複雑な声音で裕二が言った。

子どもと奥さんを養う。他人ごとではないなと太一は暗い気分で思う。そのためにじぶんを、じぶんの可能性を犠牲にして、会社に仕えなくてはならないのだ。

やっぱりまだ早過ぎるのではないだろうか。就職も結婚も、そして父親になることも。太一は自問自答を繰り返す。

今回の子どもは可哀想だけどなかったことにして、なんとか綾香を説得し、バイトに戻ってギタリスト活動をつづける。そう、せめて二十代のうちは。やるだけやって、それでもだめなら就職するし結婚もする。おれはまだ若い。諦めるには、まだ若すぎるんじゃないだろうか。

太一は、どっはあ、盛大なため息をつく。

「どうしたの。若いのにため息なんかついちゃって」

背後から浩に声をかけられた。

「あれ。高田くんは」

聞かれ、あわてて周囲を見回す。だが裕二のすがたはどこにもない。

「あれ、おかしいな。ついさっきまで一緒にいたんですけど」

「ああそう。じゃあ先に進んでましょうか」

たいして気にしたふうもなく、淡々とこたえ、先に立って歩き出す。黙ったまま太一はあとにつづき、見るとはなしに浩の後ろすがたを見てしまう。

左の肩が右よりじゃっかん下がっている。短めに切られた髪は、ほぼ八割が白髪だ。足運びはゆっくりで、しかも地面を擦るような独特の歩きかた。洗濯を繰り返したのだろう、オレンジのTシャツは早や首まわりが弛み、痩せた首すじをさらに貧相に見せている。貧相。そう、中村浩をあらわすのに貧相ということばほどぴったり来るものはない。

浩の後ろを歩きながら、太一はどんどん気持ちが沈み込んでゆくのを感じる。なんというか、三十年後のおのれを見ているような、そんな気分に囚われてしまうのだ。

「浜口くんは独身なの?」

ふいに問われ、太一は動揺する。

「あ、はい、あの、まあ」

じっさい籍はまだ入れてない。

「正社員になったのは初めて？」

「はい」

これは迷いなくこたえられた。

「なんでここを選んだの」

「え」

浩が立ち止まり、太一のほうに振り返る。

「もっと楽で待遇のいい仕事だって選べたでしょう。浜口くんくらい若ければ」

「それは、その……」

太一は口ごもる。そんな太一を、浩はじっと見ている。

返答に詰まった太一は、逆に質問することを思いつく。

「中村さんこそどうしてこの仕事を？」

聞いた瞬間から後悔が、じわり、浮かんでくる。こたえは知っている。リストラされたからだ。六十目前にして職を失い、家族を養うために仕方なくこの仕事を——

浩が口を開いた。だがことばを発する前に、イヤフォン型の無線機が「ピピピ」と鳴り出す。

「はい。三班中村です」

浩が小型マイクに向かってこたえる。太一はほっと胸を撫で下ろした。いくら他人とはいえ、大の大人に無駄な恥はかかせたくない。

短い通話を終えた浩が、マイクの電源を切った。

「京極さんから。〈Dゾーン〉5番のうどん屋さんから清掃の依頼が入ったって」

「〈Dゾーン〉？」

太一は必死にフェスの全体図を思い浮かべるが、巨大すぎてじぶんが今どこにいるのかさえ覚束ない。

「Dは〈ご当地グルメゾーン〉。走るからついてきて」

言うや、浩は意外にも俊敏な動きで地面を蹴り、走り始めた。あわてて太一はあとを追う。

〈D‐5〉と書かれた看板の下には、ちょっとした人だかりができていた。隣の〈D‐6〉にまでどうやらその人だかりは及んでいるようだ。

「失礼します。清掃スタッフです」

浩が声をかけながら人垣をかき分けてゆく。太一も「失礼します」と小声でつぶやきながら浩の背中にくっついて歩いた。

人だかりのまんなかに出る。緑の芝生の上、直径二メートルくらいの円のなかに点々と、白いうどんやら青ねぎやら紅ショウガやらが飛び散っていた。色味だけ見れば美しくないこともない。その「うどんの残骸サークル」を挟んで大男がふたり、殺気を漲らせて睨み合っている。ひとりは坊主頭にねじり鉢巻きで、片手に柄の長いおたまを握りしめ、もうひとりは青い作務衣を着込み、なぜか頭に兜をかぶっていた。

おたまはまだしもなぜ兜？　太一の脳裏を素朴な疑問がよぎるが、いや今は片付けが先決と無理やり意識をうどんに向ける。浩はさっと惨状を眺めると、

「あーこりゃこのほうきじゃ無理だなあ。浜口くん、三番倉庫わかる？」

太一は首を振る。会場図すら頭に入っていないのに、バックヤードなどとてもじゃないがお手上げだ。

「わかった。じゃぼくちょっと掃除道具取ってくるから、これ以上散らからないようにここ見張ってて」

「え、え。こ、ここを、ぼ、ぼくひとりでですか？」

思わず声がうわずる。それほどまでに大男ふたりの放つ殺気は凄まじかった。

「正社員でしょ、がんばって！」

「ちょ、待っ、中村さん！」

　太一の懇願むなしく、浩は先ほどと同じすばやさでその場を離れていった。

「……すまんのう兄ちゃん。面倒かけてしもて」

　おたま男が、ドスのきいた低音で話しかけてきた。だが、視線は兜マンから離さない。

「それもこれもみぃんなこのほうとう屋が悪いんや！」

　かッ！　おたま男は眼をひん剝き、おたまをぐっと兜マンに突き出した。

　ほうとう屋⁉　太一は混乱する。うどんじゃなくて、ほうとうだったのか⁉

　太一の混乱をよそに、兜マンがこれまた低音で叫ぶ。

「変な言いがかりをつけるんじゃねえ、このカスうどんめ！」

　え、やっぱりうどんなの⁉　けどでもカスって、カスっていったい。

「言いがかりやないでぇ！　営業妨害ばっかしよって！　そもそもな兄ちゃん、このクソほうとう屋がな、自分とこの客をわざとこっちの客にぶつかるように並ばせてん！　ほんでうちのお客がせっかく買うたうどん、ぶちまけてしもてん！」

　おたま男がひと息に喚く。対する兜マンも負けじと声を張り上げる。

「だからそれが言いがかりだって言ってんだよ！」

「黙らんかい、このかぼちゃ野郎！」

「そっちこそ黙れこのカス！」

「カスカスゆうな！　『かすうどん』は大阪人のソウルフードやで！」

「なぁにがソウルフードだ！　たかだか二十年かそこらの歴史のくせに！　ほうとうはな、ほうとうは戦国時代には食べられてたんだぞ！　かの武田信玄公だってご愛食の、まさに由緒正しい県民食なんだかんな！」

兜マンは頭上の兜を、ぐいっ、得意げに振りたててみせた。

ここに至り、ようやく太一にも状況が飲み込めてきた。

おたま男は大阪名物「かすうどん」の店主で、兜マンはその隣に屋台を構える山梨代表「ほうとう」のオーナーらしい。そしてどうやらぶちまけられているのは「かすうどん」で、兜マンの兜は武田信玄由来のものなのだ。たぶん。

ここで「そもそもかすうどんってなに」、またしても素朴すぎる疑問を太一は思い浮かべるが、いやその正体を見極めるのはとにかく騒ぎをなんとかしたあとと、これまた意識を強引に眼前の乱闘（寸前）に振り向ける。

「と、とにかく落ち着きましょう。落ち着いて話し合いましょう、ねっねっ⁉」

太一は宥めるように両手を突き出し、ふたりに話しかける。だが頭に血が上りきってしまったふたりにはもはや太一の声は届かないらしい。

「そもそも最初から気に入らん奴やと思てたんや！　陰でこそこそこそこそ悪巧みばっかしよって……」

おたま男が睨めつける。

「だからそれが誤解だって、言いがかりだってゆってんだよ！　おれはなんもしてねえって！」

兜マンが唾を飛ばしながら喚く。

「黙れこの肉なし野郎！」

ほうとうのことらしい。

「威張るなホルモン風情が！」

かすうどんのことらしい。

ふたりは睨み合ったまま「うどんの残骸サークル」に沿ってその縁を回り始めた。

ふたりを囲む客たちは息を呑み、この「W炭水化物対決」のゆくえを見守っている。

勝つのは西のうどんか東のほうとうか。太閤のお膝元大阪かそれとも風林火山の山梨か。

おたま男が、おたまを振り上げた。負けじと兜マンが懐から、ざッ、麺棒を取り出し、「おおっ」観客がいっせいにどよめいた。

なんとかしなくては。太一は焦る。〈ぐるフェス〉で血を見るのはせめて串焼きくらいにしてほしい！

「コンの野郎！」

おたま男が、ひらり、「うどんの残骸サークル」を飛び越えた。そのとき。

「恥ずかしくないんですかッ！」

太一の口から大声がまろび出る。

そのことばに、おたま男も兜マンもそして観客たちすらも度胆を抜かれ、その場に凍りつく。太一は無我夢中で叫ぶ。

「あなたたちは食のプロでしょう⁉ それがなんですか店をほっぽりだしてお客さんを置き去りにして！ 食のプロならプロらしく食べもので勝負すればいいじゃないですか！ 今のあなたたちは、ギタリストがギターで殴り合うようなもんだ！ バットでど突き合う野球選手だ！ あるいは絞め技に帯を使う柔道家、もしくはライバルのネタ帳をコピーしてばらまく漫才師、じゃなかったら相手の的を持って逃げちゃうアーチェリー選手だ！」

もはや太一にも自分でじぶんがなにを言っているのかわからない。ふだん怒り慣れていないので一線を越えたあとの収拾のしかたが思いつかない。ただひたすら混乱動転恐慌の極致で喋りつづけていた。

ひとり、またひとりと客たちが退いてゆく。異様な雰囲気が、太一を発生源として同心円状に広がっていく。

最初に我に返ったのは、おたま男だった。へっぴり腰ながら太一に近づいてくる

と、

「わ、わかった、わかったからもうええがな、兄ちゃん。な、な？」

落ち着かせるためか、トンボを落とす要領でおたまをくるくる回し始めた。

「落ち着け。落ち着いて話し合おう、なっなっ⁉」

兜マンが猫なで声を出す。太一はそんなふたりをギラギラ輝く眼で交互に見る。

「それさっきのぼくのせりふですよね⁉　落ち着きましょうって言ったのに、聞いてくれなかったですよね⁉」

ひぃ。おたま男と兜マン、揃って息を呑んだ。

「聞くがな聞くがな、なあ、ほうとう屋？」

おたま男がうわずった声を出すと、こくこく、兜マンは小刻みに頷いて早口でこたえた。

「仲良くする。もう喧嘩しない。決着は食いもんでつける」

「……ほんとうですか」

「ほんまです！」

「誓います！」

大男ふたりが同時に叫ぶ。太一は重々しく頷くと、

「ならばよいのです。がんばって営業に励んでください」

言い渡した。ふたりは「この機を逃してはならじ」とばかり、飛ぶような速さでそれぞれの持ち場に戻って行く。

こうして〈Dゾーン〉にふたたび平和が訪れた。

じょじょに太一の意識も平素のそれに戻ってゆく。戻れば戻るほどじぶんのしでかしたことの大きさに、太一の手は震え、膝は戦慄くのだった。

「ごめんごめん、遅くなって」

大型の掃除用具を背負い、どこかで捕獲したらしき裕二の手を引っ張りながら浩が戻って来た。

「どうしたの浜口くん。真っ青な顔しちゃって」

浩が不思議そうに太一の顔を覗き込む。

「い、いやなんでもないです」

なるたけ落ち着いた声を出す。けれど内心ではすっかり怯えきっていた。

太一は喧嘩や争いごとがとにかく苦手だ。バイトしていたコンビニでも、なにかしら面倒な事態が起こるとすぐに社員さんを呼んで対処してもらっていた。

なのに今や。太一はこの上なく暗い気持ちで思う。じぶんは「対処を任される側」になってしまったのだ。責任を取らねばならない立場に立ってしまったのだ。

「うっわーひでえなこりゃ」裕二のうめき声で我に返る。「まじスか、これ」モップの先で嫌そうにうどんをつつく。

「まじです。さ、片付けましょう」

そういって浩が、巨大な熊手で残骸を集め始める。おおげさにため息をつきながら、裕二がトングで青ねぎやら紅ショウガやらを拾ってゆく。太一も、渡された熊手で、あちこちに飛び散った「かつてかすうどんであったもの」を掻き集めた。

客たちに踏みにじられたうどんは、べっとりと芝生にくっつき、なかなか剝がれてくれない。九月下旬とはいえ、照りつける太陽のせいで気温はぐんぐん上がり、早くも異臭が漂い始めた。汗だくになって働いている太一の顔の周りを、コバエがぶんぶんかすめて飛んでゆく。

「うわ、汚っ」

「臭くね？」

働く太一の横を、顔を背けながら若者のグループが通り過ぎてゆく。太一と同じくらいの歳に見える。

なにやってんだろ、おれ。機械的に熊手を動かしながら太一は思う。おれは確かプロのギタリストを目指してたはずで、それが叶わないならせめて音楽業界に身を置こうと思って。なのになぜか今やっているのは、いちばん苦手な喧嘩の仲裁だったりぶちまけられたうどんの後片付けだったり。

おれはなにをしているんだ？

おれは、ここで、いったいなにをしているんだ？

「なんだてめェ！」

男の大きなだみ声に、びくり、太一は身を竦（すく）ませる。反射的に声のしたほうを見る。派手なシャツを着た男が、これまた派手ななりをした女を連れ、肩を怒らせて立っていた。まっ白なズボンがべっとり、黄褐色に汚れている。漂ってくるにおいからカレーだと知れた。

「すいませんすいません！」

裕二がへこへこ頭を下げている。

「すいませんじゃねえよ！　どこ見てんだよ兄ちゃん、ああ⁉」

男が声を張り上げる。どうやら裕二がぶつかったせいで、男の持っていたカレーがひっくり返ってしまったらしい。片手にビールのロング缶を握った男の顔は午前中だというのにすでに真っ赤っ赤。そうとう酔っているようだ。

「すいません」

同じことばを裕二はひたすら繰り返す。浩が裕二の横に走ってゆき、一緒になって頭を下げる。

「申し訳ありませんでした。今すぐお着替えに、本部にお連れいたしますので」

男が浩を睨めつけた。

「あんた、責任者か？」

「はい？」

「あんた、こいつの上司かって聞いてるんだよ！」

「い、いいえ。わたくしはただのバイトで」

「じゃあどいつだよ、ここの責任者は！」

さっ。裕二と浩が同時に太一を見た。

え？　おれ？　それまですっかり傍観者気分でいた太一は大いに戸惑う。男が太一を手招きした。おずおずと向かう。

「あんた。ちょっとあんた。どうしてくれんだよ、これ」

「……はあ」

「はあ、じゃねーだろ！　責任取れッつってンだよ！」

「はあ、あ、あの、具体的にどうすれば……」

煮え切らない太一の態度に、男の怒りが沸点に達してしまったらしい。

「謝れよ！　土下座して謝れ！」

「ど、土下座ですか」

その勢いに怯（ひる）むと、男はますます居丈高になり、叫ぶ。

「たりめーだろォ！　責任者が責任取らずにどーすんだよ！」

周囲にひとが集まり始めた。連れの女は少し下がったところでにやにや笑いながらことの成り行きを眺めている。浩がなにごとか耳打ちし、頷いた裕二がそっとその場を離れた。

男の眼が凶悪な光を帯びる。一歩、太一に近づく。とっさに太一は地面にひれ伏した。

「申し訳ございませんでした！」

「声が小せぇよ！」

「申し訳ございませんでした！」

「頭下げろ、アタマァ！」

「申し訳ございませんでしたァ！」

太一は額を芝生に擦りつけた。飛び散ったカレーが顔に服にべっとりとりつく。吐き気を催したが、耐えた。

「もっとでけえ声出せや！」

「申し訳ございませんでしたァ！」

「もうイッパツ！」

「申し訳ございませんでしたァ！」

だんだん意識がぼうっとしてくる。意味もわからぬまま、ただただ機械的に叫びつづける。自分がじぶんでないようなこころもちがした。誰かがやっていることを、外から眺めている。そんな気持ち。と、とつぜん、

ぎゅわわわわわぁん。

エレキギターの、空気を引き裂くような大音声が、間近でわき起こった。みないっせいに音のしたほうを見る。太一も思わず面を上げた。

ほんの十数メートル先、飲食ブースの一角に組まれた仮設ステージ。そこでライヴが始まったらしい。

短いセッションが終わり、ひとびとの注目が集まったところで、袖から小柄で華奢な女の子が飛び出してきた。

「みなたーん、こんにちはぁ！〈ぐるフェス〉公式アイドルの大和美優たんでぇえす！　今日はぁ〈ぐるフェス〉をさらに盛り上げちゃうためにぃ、とっくべつに『美優たんと♡ライヴ』を開催しちゃいまするー！」

うをををを！　ファンらしき男たちの、地響きのような声が上がった。

「ありがとたん♡　それではぁ一曲め！〈ぐるフェス〉公式ソング『お願いおむらいす』聞いてくだたぁい！」

ギタリストがカウントを取り、曲が始まった。最前列に陣取るファンが、歌に合

わせていわゆる「ヲタ芸」を披露する。

「なに見てんだよ！」

男の怒声が降ってきて、はっ、太一はふたたび顔を伏せた。男がなにやら説教を始めた。だが、ひと言たりとも太一の耳には入って来ない。太一のこころに浮かんでいたのはたったひとつだけ。

あの曲だ。朝、バスのなかで繰り返し流れていた、これはあの曲だ。

聴かされつづけたおかげで、太一の頭にはすっかりコードが刻み込まれている。耳で聴いただけの曲でも即座にコピーすることができる、それは太一のウリのひとつだった。かつては。そう、かつては。

じぶんのことばに酔ったように男が喋りまくる。大量の唾が飛んでくる。アイドルの歌声はまるでＢＧＭのようだ。曲がサビに入る。例の「お願いおむらいす」の部分だ。

「お願いおねがいおむらいす、届けてとどいてこの想(おも)いー、お願いおねがいおむらいす、おむおむおむおむ、おむらーいすー！」

アイドルの歌に合わせ、男たちが絶叫する。それを煽(あお)るようにギターのソロが始まった。

もはや太一の意識には男も仕事もいまのじぶんもない。在るのはただ、この曲を弾くじぶんの指、ギターとじぶん、そのふたつだけだ。

無意識のうちに太一は立ち上がり、エアでギターを弾き始める。眼を瞑り、からだをしならせ、恍惚の表情を浮かべて、幻のギターを弾き始める。

「な、なにしてんだよ」

気圧されたように男が言う。

「ちょっとおまえ、おい」

太一はこたえない。曲に身をゆだね、ひたすら弦を押さえる。アクションが大きくなってゆく。より派手に、より華麗に。そう、だっておれはいま、ライヴの真っ最中なのだから。

ステージを眺めていた客たちが、なにごとかと太一の周りに群がり始める。囁き合う声、スマホのシャッター音、動画を撮り出すもの。今やステージを見ている客のほうが少ない。注目の中心に太一は、いる。

いつのまにか男と女は消えている。

「浜口くん、浜口くん！」

浩が必死に呼びかける。

夏海と裕二がものすごいスピードで走ってくる。

だがそれらすべてに、太一が気づくことは、ない。

「なにやってんのよ！」

テントに夏海の怒鳴り声が響きわたる。行き交うスタッフたちが、ちらり、視線を送ってくる。顔や服にカレーをつけたまま、太一はいま、本部テントで夏海の叱責を受けていた。黙り込む太一に向かい夏海が喚き散らす。

「どうしてすぐあたしを呼ばないの⁉ てかなにあの騒ぎ？ 本物の目の前で社員がエアギターって、なに考えてんのよ浜口くん！」

テントの隅から浩が心配そうなまなざしを送ってくる。裕二はバイト仲間の輪のなかで、ちらちらこちらを窺っていた。

「……申し訳ありませんでした」

今日いったい何度口にしたかわからぬ詫びのことばを、太一は無表情に繰り返す。

「申し訳ないじゃ済まないんだって！ 大和美優の事務所からもクレーム来てるし、例の客は本社に電話入れちゃうし！ どうしてくれんのよまったく！」

ドウシテクレンノヨマッタク。夏海のことばが、かろうじて残っていた最後の「柱」を、ぼきり、折った。

「……辞めます」

太一はぼそりとつぶやいた。

「はあ？」

「辞めます、おれ、会社。お世話になりました」

ひと息に言い、首から下げていた社員証を外し、夏海のデスクに放り投げた。裕二が「ひッ」、息を呑む気配がした。相変わらず浩は太一から眼を離さない。

カレーの染みが浮いた社員証をじっと見つめていた夏海が、

「……そう。わかりました。お疲れさまでした」

温度の感じられない声でこたえる。

「え、え、ちょ、ちょっとぉ」

裕二がすっ飛んできたが、太一は目もくれず、私物の置いてある控え室へ向かった。

いつのまに降り出したのか、外では大つぶの雨が、音を立てて地面に落ちている。稲光が走り、雷鳴が轟く。ほんの数十秒の間に、一メートル先も見えないような豪雨になってしまった。

客たちが悲鳴を上げながら、天蓋のある飲食ブースに駆け込んでゆく。屋台の店主たちも、大急ぎでディスプレイを仕舞い始めた。太一は控え室の手前で突っ立ったままそのようすを、まるで見知らぬ異国の情景のように見つめている。

「やーすごい雨だねえ。ゲリ雷雨だっけ？　あれ『ラ』がいっこ足りないか。ゲリラ雷雨か」

気づくと浩が横に立ち、外の景色を眺めていた。太一はこたえない。

「そうだ。午前中聞かれたでしょう。『どうしてこの仕事を選んだのか』って」

浩がとつぜん、思い出したように言う。

「あれはねぇ」

「知ってます」

遮るように返す。

「前の会社をリストラされたからでしょ。それで金に困って、家族を養うためにここに来たんですよね。五十八にもなって、こんなバイトしか職がなかったんですよね」

浩が驚いたように太一の顔を眺めている。太一は負けじと浩の眼を見返す。

「そうそう。よく知ってるねぇ」

浩の顔も声もあくまで穏やかだ。その穏やかさが、いまの太一のこころを逆撫でする。

「なんスかそれ！　悔しいとか恥ずかしいとかないんスか！　前の会社、ちゃんとしたところだったんでしょ？　そんなところに勤めてたひとが、こんな仕事して、自分より年下の人間に頭下げて！　もっと上目指そうとか思わないんスか！　これでいいやって諦めちゃってるんスか！　中村さん見てるとすげえむかつくんですけど、まじでおれ」

一気に言ってのけた。なぜか目に涙が浮かぶ。零れないよう、ぐっと堪えた。

浩はくちびるを真一文字に引き結んだまま、じっと視線を太一に注いでいる。

無言の間。

雨音が、さらに大きくなったように太一は感じる。

やがてゆっくりと浩が話し始めた。

「……浜口くんは、なにかもっとほかにやりたい仕事があるんだね。でもそれが叶わなくて、とりあえずここに就職した。そうなんでしょう」

太一は顔を背ける。浩が穏やかな口調のままつづける。

「黙っててもわかるよ。こう見えても会社に四十年いたんだ、ぼく。経理ひとすじだったけどね。浜口くんのような子もたくさん見てきたよ」

意外なことばに思わず太一は浩の顔を見る。浩はどこか遠い眼で、

「……『こんなとこにいたくない』って気持ち、大切に持っててていいんじゃないかなあ。ネガティブだし、そりゃ人前で、特に同僚には絶対言っちゃいけないことばだけど。でも理想を目指すための立派なモチベーションのひとつにはなると思うんだよね」

立派？　太一は疑問に思う。立派なんかではない気がする。どっちかというと負

け犬の遠吠え的な。ダメ人間の証しのような。それでも太一は口を噤んだまま、話のつづきを待つ。

「いつでも辞められるバイト生活って、気楽だし、居心地いいじゃない。ほかにやりたいことがあるから今は仕方なくって、他人への言い訳にもなるし。けどさ、就職して、責任のある立場に立ったらもうそんな言い訳は通用しなくなるよね。そもそも仕事が生活の大半を占めるようになるし、疲れちゃってほかのことできなくなっちゃうし」

太一はこころのなかだけで頷く。そう、だからこそ就職とギタリスト活動の両立は無理だと思ったのだ。

「でも反対に、そこまで追い詰められてなお『こんなとこにいたくない』って思えるのなら、『じぶんのやりたいことはこれじゃない』って思えるのなら、その気持ちは本物だと思っていいんじゃないかなあ。それを見極めるために『正社員という境遇にじぶんを置いてみる』って考えかたもあると思う。もちろんバイトに戻るって選択肢もあるよね。でもそれはいつでもできることだと思うんだ。……とにかく浜口くんはまだ若いんだから、いろんな経験を積んだほうがいい。いつか『本当にやりたいこと』に辿りついたとき、今経験してることも役に立つよ、きっと」

そこまで話して浩は、きっと照れ臭かったのだろう「しかし雨、止まないねぇ」、天幕の透明なビニールカバー越しに外を見にいった。

太一は、今言われたことばをゆっくりと反芻（はんすう）する。

結婚し家庭を持ち正社員として働きながらなおじぶんは音楽への夢を持ちつづけられるだろうか。

仕事に疲れ毎日の生活に倦（う）み、やがてそんな夢を持っていたことすら忘れてしまうのではないだろうか。

雨はいっこうに弱まらない。雷鳴がときに、びりりり、空気を震わせる。

と、とつぜんテント内があわただしさを増した。スタッフが何人もなんにんも傘も差さずに雨のなか、外へ飛び出してゆく。わけがわからないままその光景を眺めている太一の横を、夏海が走り過ぎる。

「あれ、どうしたんですか京極さん」

浩が呼び止めた。

「飲食ブースのテントがやばいらしいんです」

夏海の声に緊迫感が滲む。

「屋根に雨が溜（た）まりすぎて倒壊の危険があるって。それで水を汲（く）み出しにいま設備部と会場部のスタッフが」

早口にこたえ、外へ出ようとする。

「京極さんも行くんですか」

浩が尋ねる。太一も不審に思う。なぜなら夏海は清掃部門のチーフで、飲食ブースとは無関係なはずで。だが夏海は、

「うん。だって人手多いほうがいいでしょ。お客さん、怪我したりしたら大変だし」

するりと言い、そのまま外へと走っていった。その後ろすがたをなかばぼう然と見送っていると、浩が出入り口に向かって歩き出す。

「じゃあ、ちょっとぼくも」

「え。い、行くんですか中村さんも」

「うん、ちょっとだけ」

これまたのんびりと言い、ひょい、天幕の出入り口をくぐってとことこ去っていった。その丸まった背中を、あっというまに濡れて変色するオレンジのTシャツを、太一は無言で見ている。

「行く必要ねぇスよ」

後ろから裕二の声がした。

「おれらの仕事じゃねーし。そもそも辞めたんだし、浜口さんは」

「う、うん、そうですよね」

「……さっきのこと、すんません」

太一と視線を合わせないまま裕二がひょこっと頭を下げた。

「そんな。高田さんは悪くないですよ」

あわてて手を振る。裕二はやはり太一を見ないまま再度頭を下げ、バイト仲間のもとへ戻っていった。その裕二のすがたを見送っていた太一の耳に、豪雨を衝いて外から女性の悲鳴が聞こえてきた。反射的に振り返る。

いちばん手前のブースの天幕を支えていたポールが傾いていた。男がひとり、必死でそのポールを摑み、倒れないよう踏ん張っている。だが、水の溜まった天蓋は予想以上に重いらしく、男はじりじり押され、今にも下敷きになりそうだった。どうやらあちこちで同じような事態に陥っているらしく、かけ合う声は聞こえるが駆けつけるものはいない。

一瞬だけ雨が弱まった。男をよく見ようと、太一は天幕から顔だけ突き出し、そして「ああ」思わず天を仰ぐ。

貧相なからだに、雨に濡れ地肌に張りつく短い髪。間違いない。潰されようとしているのは浩だった。

ふたたび雨脚が強まる。浩はついに膝をつき、からだ全体で重みに堪え始めた。なにが「ちょっとだけ」だよ。要領悪いなあもう。そんなんだからリストラされんだよ。

太一は天幕を勢いよく撥ね上げ、外に出る。そのまままっすぐ飲食ブースへと、浩のもとへと、走る。


小一時間ほどでようやく雨は小降りになったが、まだ雲は厚く、陽の光は拝めない。それでもなんとか倒壊の危険は去り、太一たちはテントに戻ることができた。

雨が小降りになると同時に気温も下がったらしい。午前中は汗が噴き出るような暑さだったのに、今は鳥肌が立つほど肌寒い。

太一と浩は椅子に座り、びしょびしょのTシャツを脱いでよく絞ってから髪を拭いた。雨のおかげで顔や服についたカレーが綺麗さっぱり流れ落ちてくれたのだけが不幸中の幸いだった。

「いやあ、ありがとう、ありがとうね浜口くん」

くどくどと礼を繰り返す浩を、苦笑いしながら太一は遮る。

「てか最初から一緒に行けばよかったんですよねー」

「いやでもほら、浜口くんはナニをアレしてる最中だったし」

「お疲れさまでした」

ふたりの会話に夏海が割り込んできた。思わず太一の顔が強張る。夏海はそんな太一と眼を合わせることなく、ポリ袋に入ったオレンジ色のTシャツを二枚、長机に置いた。

「新しいTシャツです。ズボンはいま大急ぎで買い出しに行ってるんで、も少し待ってくださいね」

「ありがとうございます」

浩が礼を言うと、夏海は軽く頷いて、隣のテーブルに歩いてゆく。ぽとり。夏海がなにか小さなものを落とした。

「あ、京極さん、京極さん」

浩が呼びかけるが、気づかないのかそのまま夏海は遠ざかってゆく。浩がかがんで夏海の落としものを拾い上げた。しばらく無言でその手のなかのものを見つめる。

「なんですかそれ」

太一が身を乗りだすと、浩は顔を上げ、今度は太一の眼を見つめた。そして、こと、無言で落としものをテーブルに置く。

「弁当、取って来るね。浜口くんは？」

「え？　あ、おれは持ってきてるんで」

太一がこたえると、ひとつ頷いて浩は奥へと歩いて行った。

なんだ？　太一は戸惑いながら視線を夏海の落としものに向ける。とたんに動悸が速まる。

社員証だった。夏海に突き返した社員証だった。カレーの染みのてんてんとこびりついた社員証だった。

太一はそっと摘まみ上げ、社員証とあらためて対峙した。

「株式会社ロックン・ラッシュ ぐるフェス事業部 清掃管理部 浜口太一」。写真の太一はやはりどこか中途半端な顔をしていて、しかも鼻の下についたカレーのせいで、まるでちょび髭を生やしているみたいに見えた。

「お待たせ。さ、食べようか」

プラスチックの仕出し弁当を抱えた浩が戻ってきた。

「あ、はい」

太一は社員証を脇に置き、バッグから弁当箱を取り出す。

「あれだよね、せっかく〈ぐるフェス〉で働いてるのにさ、ごちそうが目の前に並んでるのにさ、我われは食べちゃいけないってなんか悲しいよねぇ」

たいして悲しくもなさそうな口調で浩が言い「いただきます」と両手を合わせた。

そのとき。

「あーよかった間におうたワ」

男の声がし、ふわり、出汁のいいにおいが太一の鼻先をかすめる。

「あ。どど、どうも、どうもです！」

男を見た太一は思わず直立不動の姿勢になる。

男は午前中、あやうく乱闘騒ぎを引き起こすところだった「かすうどん」の店主だった。今は打って変わってにこやかな笑みを顔じゅうに湛え、両手で湯気の立つどんぶりを載せた四角いお盆を捧げ持っている。

「よかったら汁もん代わりに食べてもらお思てなぁ」

白いプラスチックのどんぶりをひとつ、長机の上に置く。

「え、でも」

「ひとつだけで申し訳ないけどな。しかも肝心の『かす』がないんやけどな。ま、『かすうどんのかす抜き』やと思うて」

「ご厚意はありがたいですが、いやしかし我われは」

話し始めた浩を遮って、店主はねじり鉢巻きを取り、深々と頭を下げた。

「いやまじで感謝しとるねん。この兄ちゃんがおらへんかったらな、おれら、とんでもないことになってたと思うワ。てか出入り禁止になってたかもしれん。なんとか丸く収まったんはすべて兄ちゃんのおかげや。ほんまありがとうな」

「そ、そんな。ぼくのほうこそ取り乱してしまって」

「まあええからええから、とにかく食べてや。せっかくのうどんが伸びてまう。じや、またな」

店主は一気にまくし立て、出入り口に向かって歩き出す。数歩歩いたところで振り返る。

「そや兄ちゃん、もしも大阪に来ることがあったらな、ぜひウチの店、遊びに来てや。そんときはもう嫌ちゅうくらいカス、載せたるさかい」

「あの！」

無我夢中で太一は呼び止める。

「カスって、カスっていったいなんなんですか？」

解決しそこねていた疑問をぶつけた。

「ああカスはな、ホルモンあるやろ、あれを脂がぜーんぶ抜けるまで揚げたあとの『あぶらカス』のことや。それを載っけたんが『かすうどん』。うまいでぇ。ちゅうてもこれはただの素うどんやけどな」

だはははは。威勢のよい笑い声を響かせてから、店主はテントを出て行った。

なるほど。かすうどんとはそのようなものであったのか。

あらためて太一はどんぶりを覗き込む。またもや出汁の良いにおいが鼻をつく。

「せっかくだからいただきなさいよ」

割り箸を割りながら浩が言う。

「よかったら一緒に食べませんか、中村さん」

「いやーしかし」

「食べましょうよ。美味しそうですよ」

太一が重ねて勧めると、浩は頷き、

「じゃお相伴にあずかるかな。まあとにかくお先にどうぞ」

そう言って弁当箱のふたを取った。

太一はどんぶりを両手で包み込むようにして持ち上げ、まずひと口、つゆを口に含んだ。かつおぶしのまろやかな旨みが、品よく喉(のど)を滑り落ちてゆく。麺を嚙(か)みしめる。コシの強い太めの麺は、今のあっさりしたつゆには少々不釣り合いだけれども、きっとここに「かす」が加わればコクが出て、絶妙な味わいになるに違いない。

胃のあたりからじんわりと、温かさがからだじゅうに広がってゆく。雨に打たれて冷え切り、固まってしまったからだをこころを、一杯のうどんが優しくほぐしてゆく。

美味(うま)いなあ。こころの底から太一は思う。もしかして今まで食べたうどんのなかで、いちばん美味いかもしれない。

はんぶんがた食べたところで太一はどんぶりを浩の前に置いた。

「やばいっす。超美味いです、これ」

浩が嬉(うれ)しそうに顔をくしゃりとさせ「では。ではでは」つぶやきながら手を伸ばす。ずずっ。音を立てて麺を啜(すす)ると、大きくひとつ頷いて「美味(おい)しいなぁ」しみじみと言った。

太一は頷き、あらためて綾香の手作り弁当を手もとに引き寄せる。弁当と社員証がちょうど並んだかたちになった。そのふたつを太一はつくづくと眺める。弁当が。太一は思う。過去からつづくものだとすれば、社員証は今日から始まる未来を示すものだ。過去、未来。そして現在。どうしたらいいか決めあぐねたまま、おれは今宙ぶらりんの現在にいる。

「ごちそうさま。最後の一滴まで飲み干しちゃったよ」

浩が空になったどんぶりを、とん、太一の前に置いた。

「いやぁ浜口くんのおかげで、ぼくまでいい思いしちゃったなぁ」

手の甲で口を拭いながら、そう言って浩は笑う。

その笑顔が太一には嬉しかった。なんだかむしょうに、嬉しかった。

少なくとも。太一は考える。このおっさんを笑顔にしたのは「現在」のじぶんだ。

「さ、弁当食べちゃいましょう。休憩時間、短いからね」

浩のことばに頷き、太一は弁当箱に手を伸ばす。いつものギンガムチェックに包まれた、いつもの弁当箱のふたを、これまたいつものようにぱかりと開け、そしていつものように――ではなく、初めて、弁当を見ておそらく生まれて初めて、太一は笑う。声を上げ、腹の底から。咳(せ)き込み、涙が出るほど。

浩が不安そうな顔で「大丈夫？　浜口くん」と尋ねてくる。

「だ……いじょうぶ、です。たぶん。いや……きっと」

目じりに浮かんだ涙を拳で拭って、太一はこたえる。

綾香が作ってくれた今日の弁当。

それは特大のオムライスだった。

雲が切れたのか、晩夏の強い陽射しがビニールの天幕越しに射し込んでくる。

ひとびとがいっせいに動き出したのだろう、園内にふたたび活気が戻ってきた。

「晴れてきたねぇ。こりゃ午後も暑そうだ」

浩が外を透かし見ながら言う。太一は頷き、そして、

「お願いおねがいおむらいす、届けてとどいてこの想い……」

小さく口ずさみながら、ざくり、オムライスに、ちから強くスプーンを入れた。

キャロライナ・リーパー

その日そもそもあたしは不機嫌だった。寝不足のせいもあり、たぶんそうとう凶悪な顔をしていたと思う。公園をそぞろ歩くひとたちを足早に追い越しながら、あたしは待ち合わせ場所の噴水を目指す。

東京郊外に広がるこの公園は、緑豊かでバーベキュー場や子ども向けの遊具などもあり、晩夏の週末を過ごすのにうってつけの場所である。とうぜん人出もたいへん多く——すり抜けるあたしは苛々（いらいら）を募らせ、ますます不機嫌な顔つきになってしまう。

ようやっと噴水前に着く。父と姉を眼（め）で探す。ちょうど木陰になったあたりにふたりのすがたを見つけ、小走りで近づく。

「ごめん。遅くなって」

父がじろりとあたしを見つめ、

「干魃に遭ったワニのような顔をしとるぞ歩子」

いつもの、わけのわからない喩えであたしの不機嫌さを表現してみせた。

あたしは父にひと睨みくれてから「ご無沙汰してます」ぶすっと言い、隣に立つ姉に視線を移した。

「遠いところをありがとね、あゆちゃん」

姉がおっとりと微笑む。

「こちらこそ、ずっと東京に戻らなくてごめん」

つられてあたしも微笑んだ。

四歳年上の姉・香子が、小さいころからあたしは大好きだった。あたしにはない穏やかさ、おおらかさ。ちょっととろいんじゃないかと思うくらいのんびりした性格。短気で喧嘩っ早く、おまけにせっかちなあたしとは正反対だ。特に二十年前、あたしが十三のとき母を乳癌で亡くしてからは、高校生だった姉が母の代わりとなり、いろいろな面であたしを支えてくれた。こころもからだも大きく変わる思春期、なんとか「難破」せず乗り切れたのは姉のおかげとあたしは思っている。ちなみに父からはなんのサポートも受けていないと、これまたあたしは思っている。

「しかしいい天気だな。まさにピクニック日和だな」

父がわざとらしく伸びをした。あたしはおざなりに頷き、姉に問う。

「でも大丈夫なの、お姉ちゃん。締め切りとか大変なんじゃないの」

「うん。締め切りちょうど終わったし」

姉は、肩に羽織ったショールをかき寄せる。

姉＝太田香子は少女まんが家だ。しかも超が三つつくくらいの売れっ子だ。連載は途切れたことがなく、姉の作品が原作のドラマや映画もいくつかある。

それほどの売れっ子だからして、姉の生活は多忙を極めている。一日二十四時間のうち二十時間近くをまんがに捧げているはずだ。それが×三百六十五日。まんが家としてデビューしてからの二十年間、姉が休暇を取った記憶をあたしは持たない。

「久しぶりに家族三人揃ったんだ。のんびり歩こうじゃないか」

父が歩き始めた。ことばとは裏腹にえらくせかせかした足どりだ。つい「全然のんびりじゃないじゃん、お父さん」余計なことを口走ってしまう。

「まあまあ。せっかくのおやすみなんだから」

剣呑な顔で振り向いた父に、姉が取りなすように言う。父は小さく頷くと、先ほどよりはゆったりした歩調でふたたび歩き出す。

またやってしまった。いつもこうだ。姉と並んで歩きながらあたしは早くも沈んだ気持ちになる。

あたしと父は性格が似ているせいか、むかしから衝突することが多かった。就職先を名古屋に決めたのも、向こうで結婚し家庭を持ったのも、父の住む家からなるたけ早く、なるたけ遠くに離れたかったからだ。

「仁（ひとし）くんと南（みなみ）ちゃんは」

「お義母（かあ）さんに預けてある」

「光良（てるよし）さんは仕事？」

「いま秋の繁忙期だからさ」

姉の問いにあたしは頷いてこたえた。

仁はあたしの長男で六歳、南は長女で四歳だ。夫の光良は不動産会社の営業をしていて、マンションの売買が盛んになる秋のこの時期、毎日午前さまだった。

「じゃあああゆちゃんも忙しいんじゃないの」

姉が心配そうにあたしの顔を覗き込む。あいまいに頷いた。

あたしはフリーランスのインテリアコーディネーターを生業（なりわい）としている。分譲マンションのモデルルームで客の要望に添ってカーテンを選んだりオプションの棚や壁板を見繕ったりするのがおもな仕事だ。光良とも仕事がきっかけで知り合った。九月の週末という忙しい時期に休むため、ここ数日ほとんど寝ずに仕事と家事を片付けていて——その結果、不機嫌かつ凶悪な本日のご面相となってしまったのである。

「ごめんね、そんな忙しいときに呼びつけちゃって」

手でまだ強い初秋の陽射しをよけながら姉が言う。

「いいって。こんな機会でもなけりゃお姉ちゃんとなかなかゆっくり会えないし」

「ありがとう」

「でもどうしたの、こんな急に。『会って話したいことがある』なんて」

ピンクや白、赤に紫と、色あざやかに咲き誇るコスモスに囲まれた小道をゆく。

父は数メートル先をまっすぐ前を向いて歩いている。

「ん、まあ、ちょっと、電話では話しづらいっていうか」

姉がほにょほにょと口を濁した。

「もしやそれって」あたしのテンションが上がる。「結婚？　結婚するのお姉ちゃん」

「違うよー。そんな話じゃないって」

姉が笑って手を振る。

「違うのか……」

「すまんね。ご期待に添えなくて」

「いいけどさ。いないの、誰か、好きなひと」

「いないんだなこれが。出会いがないんだな。ずっと家で描いてるから」

コスモス畑を抜けると眼の前に緑の木々に囲まれた大きな池が広がっていた。池というより湖に近い大きさだ。水面には幾艘も足漕ぎ式ボートや手漕ぎのローボートが浮かんでいて、思いおもいの方向へ進んでいる。

「あ、あれ乗ってみたい」姉の眼が輝いた。「お父さん、ボート、乗ろうよボート」

「ボート？　転覆しやしないか」

父が立ち止まる。

「しないよ」

「子どもだって乗ってるじゃん」

口々に言うと、しばし考えていたが、

「じゃあまあ乗ってみるか。三人だから手漕ぎのボートになるな」看板を見上げて父が言う。

会計を済ませ、さっそく乗り込む。嬉々としてオールを握った姉に向かい、断固たる口調で父が命じた。

「香子はこっちに座りなさい。歩子、おまえが漕げ」

その有無を言わさぬもの言いに、むくり、またしてもあたしの反抗心が立ち上がる。

「なんであたしが漕ぐの」

つい尖った声が出た。やんわりと姉が申し出る。

「あたし漕ぎたい、お父さん」

「だめだ。香子は座っていろ。漕ぐのは歩子。疲れたら替わってやるから」

父は両腕を組み、首を縦に振らない。

なんというわからず屋ぶり！　重ねて言い募ろうとするあたしを、姉が掬い上げるようなまなざしで見た。

「わかった。あたしは座るから。あゆちゃん、悪いけどお願いできるかな」

あたしはぐっとことばを飲み込むと、乱暴にボートに乗り込んだ。緑色の船体が大きく揺れる。

「危ないじゃないか。香子が落ちたらどうする。だいたいおまえは小さいころから冬眠明けのこぐまのようにがさつで」

「いってらっしゃいませー」

父の小言にかぶせるように係員が言い、ボートをそっと押し出した。あたしは憤懣をパワーに変え、ちから強くオールを操る。

「うおあ」

父があわてて船べりを掴んだ。くく、いい気味。あたしはちからを緩めず、ぐいぐいとオールを漕ぐ。そんなあたしと父を見て、姉がそっとため息をついた。

岸辺を離れたボートは、穏やかな水面をゆっくりと渡ってゆく。オールの跳ね返す水飛沫が、陽を受け、ガラスのかけらのように煌めく。

「どうだ仁と南は。元気にしてるか」

ようやく落ち着いたらしい父が、姉の向こうから声をかけてくる。

「元気だよ」

「あちらのご両親はいかがかな」

「みなさん元気。あ、お父さんによろしくって。名古屋のお義父さんが」

「そうか」

言ったきり父は口を噤んだ。オールの水を弾く音だけが響く。

「暑いね。もう九月なのにね」

姉が言い、縁に小花もようの入った黒い日傘を広げた。傾げて、あたしにも陰のお裾分けを作ってくれる。

「ありがと」

日傘を透かして届くうす青い陽光が姉を包む。もともと白い肌が、今日はさらに際立って白く見える。

「相変わらず色、白いね、お姉ちゃん」

「家にこもりっきりだからね」

「少しは外でからだ、動かしなよ。座りっぱなしは健康によくないよ」

漕ぐ手を休めずに言うと、姉は黙ったまま微笑んだ。姉の後ろで父が、もぞり、尻の位置を直した。

「そういえば、さっきのつづき。電話で話しづらい用件って」

「ああ、あれね。じつはねぇ」

「腹が減ったな。そろそろ飯にしよう」唐突に父が遮る。「話は食べながらすればいい」

じゃっかんむっとしたが、大事な話なら確かに落ち着いて聞いたほうがいいだろう。姉の顔を窺う。日傘の作るうす青い世界のなか、姉が小さく頷いた。

オールを操り、乗り場へと舳先を向ける。

マガモだろうか、頭が深緑でくちばしの黄色い水鳥がすいすいとボートに近づいてきた。えさを期待しているに違いない。つかず離れずの距離を保ったまま並走している。

「鴨だカモカモ」

姉が歌うように言い、日傘を閉じた。提げていたバッグから小ぶりのスケッチブックとえんぴつを取り出し、慣れた手つきで鴨のすがたを写しとってゆく。姉が線をひとつ加えるたびに生き生きとした鴨が紙の上にあらわれる。

「さすがだねぇ」

「どれどれ」

父が腰を浮かせ後ろから覗き込んだ。

「上手いものだな。ちゃんと鴨に見える」

目を細めて姉の手もとを見つめている。

姉がえんぴつを止めるのとほぼ同時に、諦めたのか、鴨はすぃい、ボートを離れた。

「色を塗ったら、これあゆちゃんちに送るね」

ぱたん。スケッチブックを閉じた姉が言う。

「わ、嬉しい。名古屋の家に飾るよ」

弾んだ声でこたえると、姉がほわっと微笑んだ。

ボートを乗り場につける。スカートを摘まんで立ち上がった姉に、先ほどの係員が手を差し伸べた。ふわり。和毛が宙を舞うように、岸に軽やかに降り立つ。父とあたしがつづいて降りる。

池をあとにしたあたしたちは、案内図を見い見い食事できるところを探して園内を歩き回った。と、姉が前方を指さす。

「見てあゆちゃん。〈ぐるフェス〉だって」

姉の指の先を辿る。

オレンジ色のビニールのアーチがでーんと立っている。てっぺんに、これまたオレンジ色の大きなぶたの頭のモニュメント。その下に「ようこそ〈ぐるフェス〉

へ！」という文字がでかでかと書かれてある。

「なんだ〈ぐるフェス〉って」

父が眉を顰めた。スマホで検索した結果をあたしは読み上げた。

「『年に二回、春と秋に開かれる食の祭典。海の幸からスイーツまで個性豊かな屋台があなたをお待ちしています』だって」

「面白そう。ここで食べようよ」

姉がはしゃいだ声を出す。父が渋い顔になる。

「屋台ってあれか、焼きそばとかたこ焼きとかの」

「そういうのとは違うみたい。……へえ、ご当地グルメや世界各国の料理が食べられるワールドグルメなんてのもあるよ」

あたしがこたえると、姉はますます乗り気になったようだ。

「いろいろ食べられるんだね。いいじゃない」

ビニールのアーチに向かって歩き出した。

「待てまて香子。せっかくなんだからもっとちゃんとしたところで食べないか」

「せっかくなんだからこういうお祭りも楽しいと思うけど」

父が、きっ、あたしを睨んだ。

「歩子。おまえはどうしていつもそう」

「てかお姉ちゃんもう入ってるし」

小言を聞き流し、姉のあとを追う。父はそれでもしばらく迷っているようだったが、とうとう諦めたのか、不承不承といった感じでついてきた。

入園料五百円ナリを払い、会場に入る。円形の芝生広場を囲むようにしてさまざまな屋台が立ち並んでいる。中央には白いテントが張られ、その下にこれも白いテーブルと椅子がずらり、置かれている。屋台で買ったものをここで食べるしくみのようだ。

週末の昼どきということもあってか、すごい人混みである。人混みに慣れていない姉は、あっちでぶつかりこっちで躓き（つまずき）と、非常に頼りない動きを見せている。駆け寄り、肘を取った。

十代でデビューし、就職も結婚もしないまままんがだけを描い（かい）て暮らしてきた姉は、なんというか「少女がそのままおとなになってしまった」ようなところがある。無垢（むく）というか天然というか、まあ普通の三十七歳とはまったく違うイキモノなのは確かだ。

「どうする。とりあえずぐるっと回ってみる？」

「うん。すごいひとだねぇ」

姉が目をまんまるにして頷いた。

「だから言ったんだ。これじゃあ食べる前に疲れてしまうぞ」

父のことばを無視し、あたしは姉の腕を持ったまま時計回りに歩き出した。

まずあらわれたのは〈Aゾーン・個性派揚げもの〉。揚げ油の香ばしいにおいが鼻をくすぐる。

「わ、手羽先揚げ美味しそう！　こっちは松阪牛メンチ、こっちは超ロングポテトフライだって」

「お姉ちゃんなんか買う？」

「メンチ、メンチ食べたい、歩きながら」

姉とふたり、松阪牛メンチの列に並ぼうとすると、

「駄目だだめだ、メンチなんて脂っこいもの」

父に引き戻された。

「脂っこいの当たり前じゃん。揚げものなんだからさ」

戦闘態勢に入りかけると、姉があたしのシャツの袖を引っ張った。

「いいよあゆちゃん。もう少し歩いてみよう」

仕方なく隣のゾーンまで移動する。

〈Bゾーン〉は「極うまラーメン」。豚骨や魚介から出る出汁の香りがいかにも美味そうだ。

立ち並ぶ屋台のなかに聞いたことのある店の名があった。〈中華そば紅葉〉。ラーメンランキングでつねに上位に位置する、東京屈指の名店だ。ここなら外すまい。

「お姉ちゃん、ここすっごく美味しいんだって」

「いいねラーメン、いいね。出前以外でなんてずいぶん食べてないよ」

姉が弾んだ声を出す。姉を残して、ひとりカウンターに向かうと、

「へい、らっしゃいッ！」

若い男性店員に威勢の良い声をかけられた。

「ええと、じゃあですね」

並盛りにするか特盛りにするか悩んでいると、寄ってきた父が、

「やめなさい。ラーメンなぞからだにいいわけがない」おごそかに言い渡す。

先ほどの男性店員が困ったようにあたしと父を交互に見ている。店主だろうか、奥の厨房に立つひぐまのごとき大男が、怒りに燃える眼で父を睨みつけた。ぎらり。手にした菜切り包丁が不気味に光る。

「ご、ごめんなさい」

あたしは何度も頭を下げながら〈中華そば紅葉〉から撤退した。歩き出してなお、ひぐま店主から放たれる殺気を背中に感じる。

「あれ。買わなかったの」

手ぶらで戻って来たあたしと父を見て、姉が首を傾げた。

「だって買わせてくれないんだもん、お父さんが。あれ駄目これだめって!」

「おまえが邪悪なものばかり選ぶからだ」

「またわけのわかんないことを。じゃなんだったらいいのよ」

憤懣をぶちまけると、父は、姉とあたしの顔を等分に見て、

「そこらへんに座って待っていなさい。これぞ、というものを買って来てやるから」

大股で歩き去っていった。

「なんなのよもう……」

テントの下の白い椅子に座ってため息をつく。

「前から扱いづらい人間だとは思ってたけどさ。今日ちょっと異常じゃない? お父さんのようす」

「うん」

姉はあいまいに頷いて、テーブルの上で頬づえをついた。

父は今六十五歳。ずっと地元の信用金庫で働いてきた。職業柄もともと生真面目で頑固ではあったが、あたしが同居していたころの父はもうちょっとくだけていたというか、余裕があったというか、とにかく今日の父よりはまだ接しやすかった。

歳を取ったからかなぁ。楽しそうに飲み食いする周囲を眺めながらぼんやり思う。歳を取ると、特に男性はより気難しくなったり偏屈さに磨きがかかったりするとはよく聞くけれども。

「お姉ちゃん大変でしょう。お父さんと一緒に住むの」

「住むっても、あたし、ほとんど仕事場だし。寝に帰るくらいだからね」

指を組んだりほどいたりしながら姉がこたえる。

「忙しいんだよね、さいきんも」

「うん。でも連載ひとつ終わったから」

姉は、五年以上つづく人気シリーズの名を挙げた。あたしは驚く。

「あれ終わったんだ。もっと長くつづくのかと思ってた」

姉はなにも言わなかった。ただ微笑んだだけだった。

さあっ。急に陽が翳(かげ)る。冷たい風がテントのなかを吹き抜けた。つぎの瞬間、ぽつりぽつり、雨音がし始め、やがてそれはどんどん大きくなってゆく。

あたしは半身をテントから出し、空を見上げた。ついさっきまで晴れあがっていた空は、大部分を真っ黒な雲に覆われ、夕方のようにうす暗い。強くなる雨を避けようと、ひとびとがいっせいにテントに駆け込んできた。なかに、父のすがたがあった。

「お父さん。こっちこっち」

立ち上がって手を振る。あたしを認めた父は、ひとつ頷くと、こちらに向かって歩いて来た。両手になにやらわさわさ抱えている。

「急に降って来たな」

父が抱えた品々をテーブルに置く。なんだか全体に緑っぽい。ひとつずつ尋ねる。

「これは」

「海ぶどう丼だ。からだにいいぞ」

「これは」

「有機野菜の特製サラダだ。からだに優しいぞ」

「これは」

「ほうれん草のカレーだ。からだが喜ぶぞ」

あたしらは牛か、それともうさぎか！

「あのねぇお父さんねぇ」

文句を言いかけたあたしを遮って、姉が取りなす。

「あゆちゃん、とりあえずいただこうよ。お腹減っちゃった、あたし」

仕方ない、つぎは絶対こってり系を食ってやる。父、姉につづきあたしも箸を割った。

雨はいよいよ激しさを増している。テントを叩く雨音が凄まじい。縁から流れ落ちる雨水はまるで滝のようだ。

箸を動かしつつ会場マップを見ていた姉が「あ！」と嬉しそうな声を上げた。

「見てみて、〈Eゾーン〉。『激辛グルメ』だって」

姉は大の辛いもの好きだ。

激辛ラーメン、激辛カレー、火鍋にトムヤムクン、キムチチゲに麻婆豆腐。

一度辛さが自慢のタンメン店に一緒に行ったことがあるが、姉はいちばん辛いタンメンのさらに十倍辛を頼み、それでも「もの足りない」と嘆いて、こっそり持参の唐辛子を振りかけていた。スープがもはや液体ではなく固体に近かったのを今でもよく覚えている。

「いいじゃん。つぎ、そのゾーン行こう」

会場マップを見てはしゃぐあたしたちの頭上に、父の断固とした声が降ってきた。

「激辛なんて胃腸を壊すだけだ」

「なに言ってんの。辛いものはからだにいいんだよ。それにお姉ちゃんがこれくらいでお腹壊すわけないじゃない」

「駄目だと言ったらだめだ」

あたしは信じられない思いで父を見る。

眉間に刻まれた深い皺。一文字に引き結ばれたくちびる。頬は強張り、目は吊り上がっている。あたしは怒りを通り越し心配になってくる。

「……お父さん」

と、すぐそばで悲鳴が上がった。ほぼ同時に、ざああっ、大量の水の流れ落ちる音がした。反射的にそっちを見る。

テントを支えるポールがたわみ、傾いている。どうやら雨の重みにテントの屋根が耐えられなくなったらしい。痩せて骨張った中高年の男性が、傾いたポールを立て直そうと必死で踏ん張っている。オレンジ色のTシャツを着ているところを見ると運営スタッフのようだ。

　男性はからだごとポールにしがみつくようにしてがんばっているが、水の重みがどんどん増しているらしく、膝が地面に着きそうなほど体勢が崩れてしまっている。雨脚がさらに強まった。こちらにまで飛沫が飛んでくる。このままでは屋根が落ち、びしょ濡れになってしまうだろう。

がたり。父が椅子を蹴立てて立ち上がる。

「香子が濡れてしまう！」

　叫ぶや、姉の手を掴み、雨やどりのひとびとでごったがえすなかをテントの中心に向かって走り出した。

「ちょっとお父さん」

あわててあとを追う。父は他人にからだごとぶちあたるようにして、無理やり進んでいく。

「おい、おっさん！」

「痛い、なにすんのよ」

あちこちで怒号と悲鳴が上がった。

「お父さん！　やめなってば」

父の背中に声をかけるが、暴走は止まらない。テント内の空気が険悪になってゆく。このままでは雨に濡れるよりひどいめに遭ってしまいそうだ。

ようやく追いつき、父のシャツを両手で摑んだ。両足にちからをこめて踏ん張る。

「落ち着いてよ。大丈夫だよ、ほら、スタッフも増えて来たし」

父が振り向いた。さっきよりもさらに殺気立った顔をしている。

「香子に風邪をひかせるわけにいかんだろう」

「このくらいで風邪ひかないって。てかいいじゃん別に風邪くらいひいても」

「そういうわけにはいかないんだッ」

父のあまりの剣幕に、周囲のひとびとが引き始めた。

どうしたんだお父さん。常軌を逸してる。ことばを失い立ちつくすあたしに向かい、姉がおっとりと言った。

「ごめんねあゆちゃん。あたし癌なの。明後日入院するの」

先ほどまでの豪雨が嘘のように、ふたたび空は真っ青に晴れわたっている。大きな木の下、そこだけ雨を逃れて乾いていた芝生の上にシートを広げ、あたしたちは座っている。

シートは姉が持ってきていた。

「ピクニックみたいに過ごすのも楽しいかなって思って」

トートバッグから赤いチェックのシートを取り出した姉は、ふだんとなんら変わりないように見えた。ほかの客たちも三々五々、そぞろ歩きを再開している。父はシートの上に正座をし、むっつり黙りこくったままそんなひとびとを眺めていた。あたしは動揺するこころを無理やり落ち着かせ、なるたけ平静な声で問いかける。

「ねえお姉ちゃん、癌って言ってもまだ初期なんでしょ。だって全然元気だし」

姉はゆっくり首を振り、

「ううん。卵巣癌のね、ステージⅣ。ほかにも転移しているらしいんだ」

まるで明日のお天気でも話すようにのんびりと言った。父を見る。紙のように白い顔。くちびるが細かく震えている。

「……まじで」

「うん」

「いつわかったの」

「ええと先月のなかばくらいかな。夜中に急にお腹が痛くなって、救急車、呼んだの。運ばれた先の病院で『すぐに精密検査を受けてください』って言われてそれで」

先月なかば。もうひと月以上経っている。

「なんですぐ入院しなかったのよ」

きつい声が出てしまった。姉は小首を傾げると、

「お医者さんにもそう勧められたんだけどね。ほら、ずっと描いてたシリーズ、あれをどうしても描きあげてしまいたくて」つぶやいた。

あたしは反論しかけ――でも結局なにも言えないまま、口を閉じる。

姉がどれだけじぶんの仕事に誇りと熱意を持っているか、どれだけ人生を捧げてきたか、あたしはよく知っている。だから安易な反論などできない。する資格もない。けれど、それでもやっぱり――

「一刻でも早く、治療してほしかったな……」

ことばを抑えることができない。

姉があたしから視線を逸らした。父は眼を瞑り、俯いている。

「ごめんね。あゆちゃんにはせめてもっと……早く知らせるべきだったね」

明るい九月の太陽の下、美味しそうな食べもののにおい、笑いさざめくひとびとの声――

そのなかに在ってあたしたちの座るこの一点だけが、どこまでも暗く冷え切っているようだった。同じ時空間に在るはずなのに、浮き上がり弾き飛ばされ、どこか遠いところをあてもなく漂っている気がした。

姉が立ち上がる。

「なにか買ってくるね。だいじょうぶ。激辛ものは避けるから」

さいふだけを持ち、ゆらゆらと歩いて行った。

姉がいなくなってなおしばらく、あたしも父もひと言も発しなかった。いや違う。発することができなかったのだ。

「このあとどうなるのお姉ちゃん」

ようやく絞り出した声は、じぶんのものとは思えないほど乾いて平板に聞こえる。

「まず化学療法を受ける。それで癌が小さくなったらそこで手術をする。卵巣と子宮は全摘。場合によってはリンパ節も摘出することになるかもしれん」

俯いたまま父がこたえる。

「癌が小さくならなかったら？」

「その場合は……緩和ケアを受けることになるだろうな」

あたしは思い切って聞いてみる。

「お姉ちゃんの生存率ってどれくらいなの」

父が、びくり、肩を震わせた。ややあって、

「医者からは……五年生存率は十パーセントと言われている」

苦くて硬いかたまりを無理やり押し出すような、それは声だった。

十パーセント。十パーセント。五年後に生きている確率はたったの十パーセント。

「どうして……」

あたしのことばに父がうっすら眼を開く。

「どうしてもっと早く気づいてあげなかったのよお父さん。一緒に住んでるんでしょう。いちばん身近でお姉ちゃんのこと見てたんでしょう。なのになんで気づいてあげられなかったのよ！」

残酷なことばだと、頭ではわかっている。わかってはいても止めることができなかった。父があたしを正面から見る。

「仕方ないじゃないか。ほとんど仕事場にいるし、もともと弱音を吐かない性質だ

し。そもそも女性のそういったことは男にはわかりづらいものなんだ！」

「けど変わったことだってあったでしょ！」

「なんだその言いかたは。おまえこそ忙しい忙しいと言って滅多に帰らなかったくせに。おまえがもっと近くにいれば香子だって相談できたんじゃないのか！」

あたしは歯を食いしばる。「お父さんの言う通りかもしれない」と囁くこころの声をちからずくで押さえつける。

姉ひとりだったら。あたしは思う。もっと気軽に帰省していたかもしれない。東京に出張する機会だってたびたびあった。

でも父がいる。あの厄介な父がいると思うと、どうしても実家に足が向かなかった。そのうちそのうちと延ばしつづけてきたのはまぎれもない事実だ。今度はあたしが押し黙る番だった。

父はそんなあたしをしばし睨んでいたが、ふっと眼を逸らし、しんみりとした口調で言う。

「可哀想なことをしたと思っているよ香子には。仕事しごとで、女のしあわせを味わわせてやることができなかった。結婚して子どもを産み家庭を築く――そんなしあわせを、あいつはもう一生知ることはないんだ。歩子、おまえと違ってな」

いろいろかちんときたが、特に最後のひと言がいちばん癇に障った。

「あのねお父さん、あたしだってけっこう大変なんだよ。仕事して家事育児して。お父さんが考えてる『女のしあわせ』とやらも感じたことないし」

「当たり前に享受してるからだ。だからありがたみがわからんのだ」

「だいたいお姉ちゃんが不幸かどうかなんて誰にもわかんないでしょ。立派な仕事して世間にも認められて。しあわせだと思うな、あたしは、お姉ちゃん」

「仕事ばかりが人生じゃない。特に女はな、やっぱり母親になることがいちばんのしあわせなんだ」

このクソ頑固旧弊ジジイ。なにを決めつけてやがるんだ。

あたしがさらなる口撃をしかけようとしたそのとき、

「あのう、こちらに太田香子先生はいらっしゃいませんか」

男性の声が降ってきた。あたしと父、同時に見上げる。

両手に抱えられるだけ皿やどんぶりを抱えた長身の男性がシートの横に立っていた。四十代なかばくらいだろうか。薄い眉毛が八の字に垂れていて、そのせいか頼りなげな印象を受ける。あたしと父の強い視線を浴びまくっているせいか、こころもち背を丸め、視線をさ迷わせていた。

「失礼ですがどちらさまで」

父が、じろり、男性に不穏な視線を投げる。男性は、ごくり、唾を飲み込むと、

「私、月光社の週刊プレアデスで太田先生の担当をしております副島と申します。今日こちらにいらっしゃると先生にお聞きしまして、それで」ひと息に言った。その情報だけでどうしてここがわかったんだろう。あたしは不思議に思う。だがあたしが口を開く前に、表情を一気に緩ませた父が深々と頭を下げた。

「それはそれは。月光社のかたでしたか。大変失礼いたしました。香子の父です。いつも香子がお世話になっております」

「いえこちらこそ、先生にはいつもお世話になっております」

副島と名乗った男性が、両手の皿やどんぶりの平衡を保ちつつ、これまた深く腰を折った。

「香子の妹の歩子と申します。姉はいまちょうど買いものに出ておりまして」

会釈をして説明すると、副島さんはほっとしたようすでシートに目を遣った。

「お噂はかねがね。そうでしたか、あのう、もしよろしかったら私もお邪魔しても……」

「どうぞどうぞ。狭くて申し訳ありませんが」

父が言い、スペースを空ける。

「失礼いたします」

副島さんはもう一度頭を下げ、スニーカーを脱いでシートに座った。皿やどんぶりを置くと、視線をうろうろ泳がせる。

担当というからには姉の病気のことも知っているに違いない。きっとなんと切り出すべきか、迷いにまよっているんだろうな。それはあたしも同じで、会話のきっかけ作りに悩んでいると、

「このたびは香子の急病でいろいろご迷惑をおかけしてほんとうに申し訳ありません」

さすが年の功、父が口火を切り、ようやく場の色が決まった。副島さんの緊張感がほどける気配が伝わってくる。

「とんでもございません。我われ編集部一同、先生の一日も早いご快癒をこころより祈っております。ご家族のみなさまのご心労もさぞお大変なことと……ご心情お察しいたします」

背筋を正すと、両手を膝に置き、シートに額が着くくらい深くお辞儀をした。

「ありがとうございます。恐れ入ります」

副島さんに負けぬくらい父も首を垂れた。父に倣って頭を下げてから、さっきから不思議に思っていたことを尋ねてみる。

「あのぉ。副島さん」

「はい、なんでしょうか」

「どうしてここがわかったんですか。こんなに広くてしかもひとの多い場所で」

副島さんは「ああ」納得したように頷き、カバーが傷だらけになったスマホを出してみせる。

「これのおかげですよ。アプリを入れてあるんです。先生の居場所がすぐわかるように」

タップし、画面をあたしに向けた。

この公園の詳細な地図が表示され、その一点で赤い丸印が、ぽっぽっ、点滅していた。地図の下には「太田先生」の文字。

「あーそうか。お姉ちゃん、スマホ置いてっちゃったから」

「ほう。便利な機能があるんですな」

横から覗き込んだ父が言う。

「もちろん先生の許可はいただいてます。なにせぼくら、担当の作家さんを追いかけるのが仕事なもんで。先ほどメールしましたら、ご家族でこちらにいらっしゃると教えていただいて」

ややすまなそうに副島さんがこたえた。

三人、頭を寄せ合ってスマホを見ていると、

「あ。副島さん」

びっくりしたような姉の声がした。右手にプラスチックのパックをいくつか重ね

て持ち、左手にはビールの缶らしきものがたくさん詰まったレジ袋を提げている。

副島さんはすばやく立ち上がると、姉の手から荷物を受け取った。

「お疲れさまです。やはり来てしまいました。ご家族水入らずで過ごされているところに申し訳ありません。ご迷惑でしたらすぐ退散いたします」

「なんの迷惑なものですか。賑やかなほうがいいに決まってる。なあ香子」

姉は一瞬複雑な表情をしたが、すぐに笑みを浮かべ、

「そうだね。副島さんにはいつもお世話になりっぱなしだし」こたえ、袋を指さした。

「ビール、買って来たよ。〈世界のビール〉ってブースがあって。キプロスとかベルギーとかいろんな国のがあったよ。ほらこれタヒチのビール。缶、可愛いでしょ」

髪に赤と白の花をつけた少女が描かれた缶を取り出して見せる。父がなにか言いかけたが（たぶん「ビールなんてからだによくない」）、副島さんの「タヒチのビールは初めてです」という嬉しそうな声に阻まれ、むにゃりと口を閉じた。

「こっちは食べもの。焼きたらば蟹に名古屋コーチンの焼き鳥。あとピザ。マルゲリータ」

姉は次つぎとパックを開けてゆく。美味しそうなにおいが立ちのぼる。

「ほうたらば蟹か。太くて美味そうだな」

甲殻類の大好きな父が頬を緩める。

「ぼくも少しですがお持ちしました」

副島さんが持参の皿やどんぶりのふたを次つぎ取った。とたん、刺激臭が鼻を刺す。

「先生、激辛好きだから、まっさきに〈激辛グルメゾーン〉に飛び込みました。激辛ケバブに激辛ラーメン、これは激辛麻婆豆腐で、こっちはほぼ唐辛子だけで作った超激辛カレーです」

ふンッ！　得意げに胸を張った。

あたしは声もなくシートの一角を見つめる。赤い。どれもこれもみごとに赤い。というか真っ赤っ赤だ。

隣で父が「うぇッ」奇怪な音を喉から出し、つづけて、

「これはまた……関東ローム層のように赤いですな……」

例の意味不明の喩えを発した。

副島さんはにこにこしながら「さあどうぞ。熱いうちに」と料理を勧める。

「いただきます」

父がこれ以上なにか言う前にと、あたしはすばやくケバブを箸で摘まんだ。香辛

料の香りがし、歯でちぎると肉の芯まで真っ赤なのが見て取れる。辛い。けど肉の旨みはちゃんと残っている。缶を開け、冷えたビールと一緒に流し込む。

「あたしこれ食べてみよ」

姉が嬉しそうにカレーの皿を取る。唐辛子の粉を水で溶いたようなソースだ。中腰になった父が「香子」、縋るように叫ぶが、姉は気にするふうもなくカレーをスプーンで掬い、そのまま口に入れた。

「どう?」

あたしが尋ねると、

「ん、辛い。辛くて酸っぱい。この味好きかも」

早くもふたさじめにとりかかる。そのようすを嬉しそうに副島さんが見ている。なすすべもなく父はその場に座り込んだ。

「そうそう、じつはこれお届けに上がったんです」

副島さんが言い、トートバッグから印刷されたまんがを取り出した。

「校了紙です。ついさっき印刷所から届きました」

姉に手渡されたまんがをあたしも覗き込む。姉は食べる手を止め、真剣なおももちでページを繰っている。

「校了紙ってなんですか」

「印刷前に編集部に届く、最後の校正用紙ですね。最終回ぶんが出たので、とにかく先生に見ていただこうと思いまして」

最終回。そのことばがあたしの胸に突き刺さる。見ないふりをしていた現実が、くっきりした輪郭をともない、覆いかぶさってくるようだ。

すべてのページを検めた姉が、ふう、大きく息をついた。

「問題ないです。カラーページも綺麗に出してくださって、ありがとうございます」

「よかった。今回は印刷所も気合い入れて刷ってくれたんで」

ほっとしたように副島さんが言う。

「副島さんは長いんですかな、香子のご担当」

やや復活したらしき父が、ビールを飲みながら聞く。

「そうですね。五年以上になりますかね」

「ずっと少女まんがの編集を?」

「いえ、入社して十五年くらい少年まんが誌におりました。小さいころからまんがが好きで。特にスポーツものが」

「ほう」

「だから正直、同じまんがが雑誌でも少女まんがに異動になったときは戸惑いました。

それまでほとんど読むこともなかったし、興味もあまりなかったので。でも」

そこで一回、副島さんはことばを切り、姉を見た。姉はふたたび校了紙に集中している。

「異動先で太田先生の担当になって。感動、いや衝撃を受けたんです。なんだこれはって。この、まっすぐこころを摑んでくるちからはなんなんだって。才能……ひと言で言ってしまえばそれまでなんですけれど、その輝き、その魅力にいっぺんに虜になってしまいました。だめですね。冷静であるべき編集者が。でもそれほどに、太田先生の描く世界はすばらしい。そんなかたと一緒に仕事ができて――ぼくは世界でいちばんしあわせな編集者じゃないかって思います」

「ありがとう。副島さん」

いつのまにか視線を戻していた姉が、ふわりと微笑んだ。

「ほんとうになあ。ありがたいことだな香子。ここまでお前を評価してくださってなあ」

父が感無量、といった風情でつぶやいた。

「早く病気を治して現場に戻らなくちゃな」

「そうだね。がんばるよ。なんだったら病院のベッドの上でも描く」

姉が言い、あたしも父も笑った。前向きな姉のすがたが眩しかった。ひとり、副島さんだけがあいまいな笑みを浮かべている。

「それではぼくはこのへんで」

一礼して立ち上がった。姉が引き留める。

「え、せっかく来てくれたんだし、次回作の打ち合わせしましょうよ。入院したらなかなか時間、取れないだろうし」

「そうですよ。まだまだ食べものも飲みものも残っていますから」

父も口を添える。

「いえあの。まだ校了中ですので」

「そうでしたか。それでは仕方ないですね」

「せっかくご家族で楽しんでいらしたところに失礼いたしました」

再度一礼し、スニーカーを履き、こちらに背を向け歩き出した。その背に、

「副島さん」

姉が声をかけた。立ち止まり、振り向く。姉も立ち上がり、副島さんの眼をまっすぐに見て、

「しばらく留守にしちゃうけど、あたし、かならず戻ってきますから。そのときは……また一緒にお仕事、しましょうね」

ゆっくりと頭を下げた。父が小さく、けれどもちから強く頷く。気づくとあたし

も姉に倣い、頭を下げていた。

副島さんの顔が歪む。くちびるを嚙みしめ、姉から視線を外して、なにごとか考え込んでいる。

「副島さん？」

姉が首を傾げた。

「すみません太田先生。それが……あの、それが……」

言い淀み、口を閉じてしまう。

「なんですか。言ってください」

姉は瞬きもせず、いっしんに副島さんを見つめている。しばらくの間。ややあって、副島さんは覚悟を決めたかのように大きく息を吸い、姉を見返した。

「……できなくなりました」

低いひくい声だった。

「え」

きょとんとした顔で姉が問い返す。

「じつは編集長が交代することになりまして。新編集長が……太田先生には復帰後、少女まんが誌ではなく、年齢層が上の女性コミック誌に移っていただきたいと……」

姉の、息を呑む音が聞こえた。

「え、プレアデスではなく、ですか」

思わずあたしも立ち上がる。副島さんは苦しげに顔を歪めたままつづける。

「太田先生にはこのままプレアデスで描いていただきたいと、ぼくも前編集長も強く抗議したんですが……『上のほうの判断だから』と強固に突っぱねられて……」

「でもあたしの描きたいのはあくまでも少女まんがで」

姉が混乱したように言うのを遮って、

「わかっています。以前いただいたプロットも見せました。営業の担当にも説得に来てもらいました。でもだめだったんです。ちからが及ばず……ほんとうに申し訳ありません」

副島さんがうなだれる。

「ですが副島さん、あなた、さっき言ってたじゃないか。『ぼくは世界でいちばんしあわせな編集者じゃないか』と。あのことばは」

父が嚙みつくように言う。副島さんが地面を見つめる。

「あのことばに嘘はありません。ぼくだって先生にはこのまま少女まんがを描いてもらいたい。けれどこれは会社が決めたことなんです。担当編集といってもいち社員であるぼくには……その決定を覆すだけのちからがないんです……」

ろうそくの炎がゆらめくように、語尾が震え、そして消えた。

あたしたち三人は、ことばもなく立ちつくす。

数秒、そうしていたろうか。やがて副島さんがつぶやいた。

「……ぼくが言わなくては、と」

姉がぼんやりした視線を向ける。

「誰よりも先に担当であるぼくの口から直接先生に伝えなくてはと。それしか、それくらいしかできなくてほんとうに、ほんとうに……」

絞り出すように副島さんは言い、そして「……失礼します」細い声で告げると、踵(きびす)を返し、重たげな足どりで人混みに消えて行った。

かくり。姉の膝が折れた。そのままその場にしゃがみ込む。

「お姉ちゃん！」

「香子、大丈夫か！」

姉は小さく頷くと、かすれた声で言った。

「水、みずのみたい」

「買ってくるッ。歩子、香子を頼んだぞ」

言うや、父は革靴を突っかけ、鉄砲玉のように飛び出した。父にぶつかられた若い男性が「ちッ」大きく舌打ちをした。

「お姉ちゃん、横になる？　そのほうが楽じゃない？」

おろおろと背中をさするあたしに、

「へいき……ちょっとくらっとしただけだから」言って、姉は両手で顔を覆う。

お姉ちゃんの背中ってこんなに小さかったっけ。骨張っていたっけ。さすりつづけながらあたしは思う。

最後にこんなふうに触れたのはいったいいつだったろう。思い出せない。思い出せないほど、それは、遠い。

もっと頻繁に顔を合わせておくべきだった。あたしは強い後悔の念に苛まれる。会っていれば姉の変化に気づけたかもしれない。こんなに進行する前に癌を見つけられていたかもしれない。

考えれば考えるほど焦りと恐怖が巨大なへびのようにあたしを絞め上げる。息がつけない。手のひらがどんどん冷たくなってゆく。

木洩れ日がちらちらと姉の髪で肩で、踊る。

ライヴでも始まったのだろうか、エレキギターの音がし、ついで若い女の子の歌声が響いてきた。

「お願いおねがいおむらいす、届けてとどいてこの想いー」

元気いっぱいの、溌剌とした歌声。聞こえてはいるのだけれど、頭に入って来ない。

「あゆちゃん……あゆちゃん」

姉の声は途切れそうにか細い。

「なにお姉ちゃん」

「……怖いよ」

顔を覆ったままつぶやく。

「癌だってわかったときよりも生存率が低いって知らされたときよりも今のほうがずっと……怖い」

「……うん」

「この世界のどこにも、もうあたしの居場所はないのかなぁ……」

姉の薄い肩が震える。泣いているのだとわかる。きっと今まで抑えつけていたものがいっぺんに噴き出してしまったのだろう。

あたしは背に覆いかぶさるようにして姉を抱きしめる。姉の震えが伝わってくる。

細い首すじに額をこすりつけた。

「ごめん。お姉ちゃん、ごめん」

姉が激しく首を振った。それでもことばを止めることができない。

「ごめんごめんごめん。お姉ちゃん……ごめんなさい」

涙が溢(あふ)れ出て来、姉のうなじを濡らす。幼い子どもに戻ったように、あたしと姉は声を上げて泣いた。

　近くを歩いているひとたちが、ぎょっとしたような顔でこちらを見ている。樹上に止まっていたからすが「があ」ひと声上げて飛び立ってゆく。強い風が吹き、枝えだがざわりと蠢（うごめ）いた。

「なにをやっているんだ！」

　父の声が響きわたり、あたしと姉は跳ねるように顔を起こした。大量のペットボトルを抱えた父が、全身を戦慄（わなな）かせて立っていた。

真っ青な顔。眼の縁だけが隈取（くまど）ったように赤い。両眼が潤んでいる。その潤みを意志のちからだけで堪えているように見える。

「抱き合って泣くなど下北半島の子ざるじゃあるまいし。いい歳をした女ふたりがうろたえおって……みっともない。みっともないだろうが……」

　つう。父の頰を涙が伝う。

　父の涙を見るのは人生で三度めだ。一度は母を看取（みと）ったとき。二度めは母のからだが火葬炉に消えたとき。そして、いま。

　反射的にあたしは言い返す。それしかあたしにできることはない、そんな気がして。

「お父さんだってうろたえてたよ！　ボート漕がせるなとか脂はだめだとかさ、わけわかんないよ！」

「なんだその口のききかたは。だいたい歩子、おまえはな」

「あげくになにそれ。なに買って来たのよそれ」

あたしは父の抱えているものを指さした。父はあわててペットボトルを見、露骨に「しまった」という顔をした。

涼しげなラベルには「天然水サイダー」と大きく書かれてあった。

「水じゃないじゃん。どこ見てんのよ。加齢で眼まで悪くなったの」

「鰈は見えているんだぞ、右側に寄ってはいるが！」

「そのカレイじゃない！」

あはははははは。

弾けるような笑い声がして、あたしと父は同時に振り向いた。

姉が笑っていた。

さっきまで泣いていた姉が、膝を打ち、上半身を折り曲げて笑い転げていた。

「香子！」

「笑いごとじゃないよ！」

父とあたしが揃って叫ぶと、姉は目じりに浮かんだ涙を拭いながら、

「ごめんごめん。だって可笑しすぎるんだもんふたりとも」言って、また笑い始めた。

姉の笑い声にあたしはすっかり毒気を抜かれてしまう。父をちらりと見る。怒っ

たような困ったような、それでいてほっとしたような、宙ぶらりんな顔をしていた。

「……じゃあまあ、もう一回買ってくるかな」

父がふにゃふにゃと言う。

「……いいよ。あたしが行ってくるから」

同じようにふにゃふにゃ言うと、姉が手を差し出した。

「サイダーでいいよ。ゆっくり飲むから」

少しだけ迷ったあと父はその手にペットボトルを渡し、革靴を脱いでシートに上がってきた。

「ありがとう、お父さん。ね、食べよう。冷めたらもったいないよ」

姉がピザをひときれ手で切り取り、持ち上げる。チーズがのびる。零れそうなトマトソースを器用に舐め取ってから、姉はピザを口に入れた。

「美味しい。トマトの味が濃い。チーズもコクがあって」

頷きながら、どんどん食べてゆく。

そんな姉を見て、あたしもピザに手を伸ばす。じゃっかん冷えてしまったけれども、きちんと作られたマルゲリータは生地まで美味しかった。つづけて姉は麻婆豆腐をれんげで大きく掬い取り、そのまま口に運んだ。

「辛ーい。うまーい。山椒利きまくり」

辛いうまいを連発しながら、れんげを往復させる。父も、好物のたらば蟹の脚に食いついた。

「新鮮だな。嚙めば嚙むほど甘みが出てくる」

納得したように頷く。

そのまましばらく三人、食事に集中した。

焼き鳥もカレーもラーメンもどれも美味しくて、その美味しさにあたしはまたしても涙が出そうになってしまう。

「……なあ香子」

「なに、お父さん」

皿やどんぶりのものがあらかた片付いたころ、父がおもむろに話し始めた。

「考えたんだが。なにも月光社だけが出版社ではあるまい。よその雑誌に描くいい機会だと捉えることもできるんじゃないか」

父の話を、黙ったまま姉は聞いている。

「それにな、おまえは知らんだろうが、組織の方針なんてけっこういいかげんなものなんだ。昨日黒と言ってたことが今日は白になったりする。人事異動もしょっちゅうあるし。新編集長とやらだって意外にすぐいなくなるかもしれんぞ」

「そうだね」

姉がこたえ、あたしも頷いた。父がつづける。

「だからなあ香子。あまりものごとを悲観的に捉えないほうがいい。長い人生、そりゃいろいろあるさ。じぶんにはどうしようもないことも多い。というより、やってくるできごとのほぼすべてがじぶんじゃどうにもならんものと言ったっていい。そういうときは無理に足掻くな。放っておけ。冷凍庫にでも入れたつもりでいったん忘れろ。代わりに——じぶんにできることをやりなさい。どんな些細なことでもいい、いまじぶんにできること、じぶんが動けば変わること。考える前に動くんだ。ひっくり返されたゲンゴロウみたいに」

ひっくり返されたゲンゴロウ。あたしは想像してみる。

きっと毛むくじゃらの六本足を、必死にばたつかせているんだろうな。なんとか起き上がろうと。ふたたび飛び立とうと。疲れて休むことはあっても、きっとゲンゴロウは命尽きるまで努力をつづけるに違いない。

父が姉とあたしの顔を交互に見た。姉とあたしも父を見た。姉が口を開いた。

「……たとえば絵筆を一本洗ったり」

「そうだ」

「シャツにアイロンをかけたり」

「そうだ」

「朝顔に水をやったり、銀行で記帳をしたり、古くなった靴を捨てたり、友だちに手紙を書いたり——家族で、ご飯を食べたり」

「……そのとおりだ」

父が、深くふかく頷いた。

ちちち。零れた食べかすを拾いにすずめが三羽、寄ってきた。ひと飛び飛んでは下がり、飛んでは下がりを繰り返して、なんとかおこぼれにあずかろうとしている。膝に落ちていたピザのかけらを、姉がすずめに向かって放った。すずめたちはいっせいに飛び立ち、それからまた少しずつ前進を始める。

木の間ごしの午後の陽がやわらかくあたしたちを包む。

近くのものは近くに、そして遠くにあるものはちゃんと遠くに、見えた。

姉が静かに話し始める。

「ピザ、美味しかった。カレーも海ぶどう丼も麻婆豆腐もみんなみんな美味しかった。なにより——好きなひとと好きなものを好きなだけ食べられることがどれほどしあわせなことなのか、こころの底から……わかった。ありがとうお父さん。ありがとうあゆちゃん」

姉がゆっくりと微笑む。水面（みなも）に浮かぶ白い睡蓮（すいれん）の花がほっかりと開いてゆくような、いつもの、姉の笑みだった。

姉から眼を逸らした父が、二度三度、大きく瞬きをした。

すずめたちはどうやらピザのかけらにありつけたらしい。賑やかに鳴き交わしながらしきりについばんでいる。

「……ねえお姉ちゃん」

慎重にサイダーのふたを開ける姉に呼びかけた。

「なに。おっとっと」

噴き出る泡に姉があわてて口をつける。

「退院したらさ、うんと辛いもの、食べに行こうよ」

「いいねいいね」

「タイ料理？　韓国とかインドカレーとか」

「ブータン」

「ブータン？」

おうむ返しに問うと、姉が生真面目な顔で頷いた。

「世界でいちばん辛いのはブータン料理だって前に聞いたことがある」

「へえー。ブータンかぁ」

「あとさ、あゆちゃん。キャロライナ・リーパーって知ってる？」

「キャロライナ・リーパー？」

「めちゃくちゃ辛い唐辛子なんだって。ハバネロの十倍の辛さ、なんと最高二百二十万スコヴィルだって」

「二百二十万スコヴィル！」

「待てまてまて。なんだそのスコヴィルというのは」

父が割り込んできた。

「辛さの単位。ピーマンが0スコヴィル、確かタバスコで二千五百スコヴィル」

職業柄か姉は妙なことに詳しい。父が顔を歪めた。

「やめなさい、そんな辛いもの。食って死んだらどうする」

言ってしまってからこれまた露骨に「しまった」という顔をする。

姉がはっとしたように父の顔を見た。父が助けを求めるような視線をあたしに向ける。なんとか取り繕おうとあたしは必死に頭を回転させる。と、姉が、

「死なないよ」するりと言った。

「そんなんじゃ死なない。絶対死なないから……大丈夫」

陽射しを受け、姉の目がきらきら光る。強い意志と闘志を感じさせる、それはまなざしだった。

両腕を組み、目を細めた父が、穏やかにこたえる。

「……そうだな。それくらいじゃ香子は死なん。死なんな」

「お姉ちゃん、あたし調べとく。キャロライナ・リーパーが食べられるところ」

「うん。楽しみにしてる」

「どこ原産？」

「アメリカじゃないかなあ」

「じゃ日本になかったらさ、アメリカまで食べに行こう」

「いいね。死神退治にアメリカへ」

「死神？」

「リーパーは死神って意味。つまりキャロライナの死神ってわけ」

飄々（ひょうひょう）と言ってのけ、姉はいたずらな子どものように、にやりと笑ってみせた。その顔に思わずあたしも笑ってしまう。

きっと。あたしは思う。

どんな死神だってお姉ちゃんにかないっこない。ぱりぱり食べられておしまいだ。

吹く風に、冷たい空気が混じり始めた。気づけばすでに三時を過ぎている。

「そろそろ帰るか」

よっこいしょ。父が声を出して立ち上がる。

「あゆちゃん、何時の新幹線」

「取ってないけど、そうだなあ」

「太田先生ッ！」

背後からのとつぜんの大声にあたしは飛び上がらんばかりに驚く。振り向くと、真っ赤な顔をし、息を切らした副島さんが立っていた。

「どうしたの副島さん」

「新編集長とずっと電話で話してました。なんとか先生をプレアデスに残してもらえないかと、説得に説得を重ねておりました」

姉のことばなど聞こえぬかのようにひと息に喋（しゃべ）る。姉もあたしも父もその勢いに呑まれ、ぼう然と副島さんを見つめる。

「これから社に戻って直談判（じかだんぱん）してまいります。そこまでやってなお先生を移すというのなら」

大きく息を吸った。

「ぼくも辞めます。退社します。辞表を突きつけてやります！」

ふンッ！小鼻を盛大にふくらませた。

「それ、効果なさそう……」

姉がつぶやく。父もあたしも頷いて同意を示す。

「ではまた。吉報をお待ちくださいッ」

叫ぶや、脱兎（だっと）のごとく走り去って行った。

「……まあ、悪い男ではなさそうだな」

父がどんぶりや皿を集めながら言う。

「そうだね。いいひとだよ」

姉がビールの空き缶をレジ袋に入れてゆく。

「出世はしなさそうだけどねぇ」

あたしは割り箸や紙皿をひとつにまとめた。

「独身なのかな」

さりげないふうを装って父が聞くと、

「ううん。子ども三人いる」

あっけらかんと姉がこたえる。

「そうか……」

残念なのかほっとしたのか即座には判別しがたい顔を父がした。

シートを畳むと、ささやかな「食卓」はあっというまに消えてしまった。でも構わない。会話する父と姉を見ながらあたしは思う。大切なひとさえそばにいれば、きっとどこだって「食卓」になる。どんな場所でもかならず美味しく食事ができる。

「歩子」

父に呼ばれ、あたしははっと現実に返る。

「なにお父さん」

「今日はありがとう。おまえがいてくれてほんとうに……よかったよ」

照れ臭いのだろう、あたしの顔を見ずに言った。

「ん」

わざとぶっきらぼうにこたえる。そんなあたしたちを姉が穏やかな眼で見ている。

「そうだ、ちょっとうちに寄っていかんか。もらいものだが大きくて新鮮なキャベツがあるぞ」

父が言い、あたしはまたしても「ん」短くこたえた。

今夜はロールキャベツにしようと思った。

老若麺（らおるおめん）

おれは走っていた。

人混みをすり抜け、ごみ箱をかわし、運営スタッフに「走らないでくださーい！」怒鳴られながらもおれは走っていた。行く手に〈Bゾーン・極うまラーメン〉と書かれた白いポールが見える。目的地まであと十数メートル。おれは最後のダッシュをかける。

「買ってきましたッ！」

叫ぶと同時に、ばしぃ、おれは海苔（のり）の入ったレジ袋を厨房（ちゅうぼう）のテーブルに置いた。両腕を胸の前で組み、仁王立ちした天翔（てんしょう）さんが、ゆらぁり、こちらを向いた。

「……遅かったじゃねぇか、崇（たかし）」

「すんません。あの、どこに行ったら買えるかよくわかんなかったもんで」

直立不動でこたえるおれに、天翔さんが喚（わめ）く。

「馬鹿野郎！　海苔なんてなぁ、海苔なんてコンビニでも買えンだぞ！」

「で、でもあのコンビニの海苔は、こうちっちゃくカットされていてですね」

「んなこたどーでもいい！　さっさと切れ、さっさと！」

のしのしと厨房部分から前面のカウンターに天翔さんは歩いてゆく。

なにえばってんだよ。じぶんが用意し忘れたくせに。

恨みがましい視線を天翔さんの背中に送り、ついでに客がいるかどうかおれはちらりと確かめる。

結果はゼロ。誰ひとりとして並んではいない。

カウンターを前にした天翔さんはふたたび腕を組み、そぞろ歩く客たちを眺め渡している。身長百九十センチ、体重百八キロの天翔さんがそうやって立っていると、山門を守る金剛力士像にそっくりだ。

金剛力士に「すいません。ラーメンひとつ」と注文するにはかなりの度胸が必要だろう。その証拠に客たちは天翔さんが視界に入るや、さっ、例外なく眼を逸らし、まるで岩をよける水流のように大きく迂回して足早に去ってゆく。

「……なんで売れねえんだかなぁ……」

天翔さんがつぶやく。

おれはこころのなかで「怖いから。あと不味いから」そっとこたえる。口に出す勇気はない。そんなものがあればとっくのとうにここから逃げ出している。

とにかく売れてくれないと。おれは気持ちを切り替えて海苔のパックを開ける。このまま低空飛行をつづけていたら天翔さんはもちろんおれだって大将に見捨てられかねない。いややっぱりそれが大将の作戦だったりして。

疑心と暗鬼が手を取り合い、おれのこころのなかでワルツを踊る。


おれはもともと東京の人間ではない。永平寺（えいへいじ）という福井の小さな町で生まれ育った。大学も地元で、新卒で採用されたのも地元の小さな金属加工メーカーだった。その会社で今の妻である亜由美（あゆみ）と出会い、結婚した。二十七のときだ。すぐに長男・晶（あきら）が、二年後には長女の由維（ゆい）が生まれ、おれはあっというまに「一家の大黒柱」となる。

勤めていた会社は人間関係は悪くなかったものの業績が悪化の一途を辿（たど）り、まず派遣が、つぎに契約社員が切られていった。必然的におれたち正社員の仕事量は激増し、深夜残業、そして早朝出勤が当たり前になってゆく。出産を機に亜由美は専業主婦になっていたので、働き手はおれしかいない。幼いふたりの子どものためにも、おれは必死に働いた。深夜一時過ぎに帰宅し、三時間ほど眠って朝五時には会社に向かう。そんな生活が一年ほどつづいたある朝、おれのからだに異変が起こった。眼は覚めているのにからだが動かない。指の一本はおろか、首すら動かせない。

パニックに陥ったおれはひたすら布団のなかでもがいた。呼吸だけが浅く速くなってゆく。からだは動かないくせに心臓の音だけがやけに大きく響く。

「軽度のうつ病」

三日会社を休んだあげく亜由美に促されて行った心療内科で、おれはそう診断された。処方された薬を飲みながら仕事に戻ろうとしたけれど——おれの意思とは関係なく、からだもこころも動いてはくれなかった。そんな状態が三か月以上つづき、おれは会社に辞表を出した。

「環境を変えてみたら」

勧めてくれたのは主治医だった。退職して半年、日常生活や簡単な仕事ならなんとかこなせるくらいにまでおれは回復していた。

「知り合いばかりのこの町にとどまるより、思い切って余所(よそ)に出たほうが治りも早いかもしれないよ」

温和な老医師に言われたことばを亜由美に伝えると、意外にもすんなり賛成してくれた。

そうしておれは逃げるように東京に出て来た。とりあえず安いアパートを借り、とりあえずコンビニでアルバイトを始め、とりあえず金が貯(た)まれば実家に戻っている亜由美に送った。そんなとりあえずなある日、おれは偶然入ったラーメン屋で天地がひっくり返るほどの衝撃を受けた。

なんだこれは！　こんなに美味いラーメンがこの世に存在するなんて！

そのラーメン屋こそ今おれの勤めている〈中華そば紅葉〉で——そして今おれは〈ぐるめフェスタ〉という食の祭典に出店した〈中華そば紅葉　ぐるフェス店〉で、金剛力士、もとい天翔センパイのもと、流さなくていいはずの血と汗とナミダを流しまくっているのだった。

「崇。おい崇」

天翔さんに呼ばれ、海苔をちまちま切っていたおれは顔を上げる。

「あ、はい。なんでしょうか」

「ちょっと見てこいや」

「は？」

「リサーチだよリサーチ。どこにどんくらい客が入ってるか、おまえ、ちっと調べてこい」

焦りが色濃く滲む声だった。

「わかりました」

料理バサミを置いておれは立ち上がる。半透明のビニールの覆いを押し開け、裏から場内に出た。

ざっとあたりを見渡す。平日の午前中にもかかわらずかなりの人出だ。とてもじゃないが全店見ては回れないので、行列が十人以上の店だけチェックすることにする。まずは斜め左の唐揚げの屋台に向かい、店名、並んでいるひとの数、ついでに男女比もメモ帳に書き込んだ。任された仕事は真面目にこなす。おれは適当に済ませることができないタイプだ。

すべてチェックし終え〈紅葉〉に戻ったのは三十分近く経ったころだろうか。おれが裏口から厨房に入ると、

「遅かったじゃねぇか、崇！」

さっきとまったく同じせりふで天翔さんに怒鳴られた。

「すんません」

反射的に頭を下げる。

「で、どーだったよ」

「あ、はい。えーとですね、まず〈唐揚げ　鳥祭り〉、並んでいたのは十二人、内訳は男性八の女性四で」

「そんな細けぇことはどーでもいーんだよ！　いちばん流行ってるトコだけ教えろッ！」

メモを読み上げるおれを張り飛ばすような勢いで天翔さんが遮る。せっかく調べたのに。おれは不満を抱えつつも命令に従う。

「いちばん流行ってたのは〈かすうどん　まる屋〉で、三十四人、並んでました」

「くそぉ……やっぱあそこか」

唸りながら天翔さんは、飲食スペースに立てられた派手な看板を睨んだ。

看板には「昨日の一位！」とでかでかと書いてあり、その下に〈かすうどん　まる屋〉と真っ赤な文字で記されていた。ちなみに二位は〈カルビ串　クッシー〉で三位は〈戦国ほうとう　風林火山〉だった。

ここ〈ぐるフェス〉ではお祭り気分を盛り上げるためか、毎日人気投票を行い、その結果を公表している。一位の店には金色のぶたの幟がはためき、まるでその幟に吸い寄せられるように客が並んでいた。順位は日によって入れ替わるが、〈かすうどん　まる屋〉は二日に一度は首位を奪うほどの人気を誇っている。

「一位を獲らにゃならんのに……一位を、なんとしても……」

一位いちいと虚ろな眼で天翔さんが繰り返す。そう、天翔さんにはどうしても〈ぐるフェス〉で一位を勝ち取らねばならないわけがあるのだ。と、

「すみませーん」

カウンターから女性客の呼ばわる声がした。

「へい、らっしゃいッ！」

おれは飛んで行ってオーダーを聞く。二十代と思われる女子ふたりは、揃って中華そば並盛りを注文した。

「少々お待ちくださいませ。並盛りふたぁつッ！」

「並盛りふたつ、はいよぉ！」

奥へ呼びかけると、天翔さんが生きかえったような声で復唱した。慣れた手つきで麺を茹で、どんぶりを並べる。できあがったラーメンにメンマや叉焼といった具材を載せてゆくのがおれの仕事だ。〈紅葉〉にアルバイトとして入って一年半、おれはまだ中華そばの神髄とも言えるスープやかえしに手を出すことは禁じられている。

「ここ、美味しいんだよね」

「知ってる。一度本店で食べたことあるよ」

できあがりを待つふたりの会話が耳に飛び込んで来、おれはにわかに不安にかられる。

「お待ちどおさまです」

つとめて笑顔で、おれはどんぶりをふたりに渡した。受け取ったふたりは、きゃあきゃあ笑いながら手近なテーブルについた。スマホで写真を撮り、律儀に両手を合わせてから、ずるるるっ、小気味のよい音を立てて麺を啜りあげる。そのようすを、おれは息を殺して見守った。

笑顔だったふたりの顔が急速にくもる。首を傾げながらそれでも食べつづけていたが、麺を持ち上げるスピードはどんどん落ちてゆき——結局半分ほど食べたあたりで席を立ち、そそくさと人混みに消えた。

ああ、やっぱり。おれはくちびるを噛みしめる。

きっと彼女たちは「〈紅葉〉の中華そば、味が落ちたよ」とあちこちで言って回ることだろう。SNSでつぶやくかもしれない。それがどれだけ本店やほかの支店の迷惑となるか、大将だってよくわかっているはずだ。なのに、なぜ、なぜこんな無謀な試みを——

「なにがいけねぇんだ……」

いつのまにか横に立っていた天翔さんが、途方に暮れたようにつぶやく。

全体的にぬるい。麺をわずかに茹ですぎている。

出店前に試食させられたとき、すぐに感じたのはこのふたつだ。だが天翔さんの作る【紅葉ラーメン】の決定的な問題はそんな些末なものではない。

肝心かなめのスープ、そしてかえし。

どちらにも本店で大将が作り出す深いコクと鮮やかなキレが備わっていないのだ。

わかりはすれども、おれにアドバイスできるちからはない。なにせまだレシピ、いやレシピどころか原材料すら知らされていないからである。

天翔さんの横顔を見つめながら、おれは一か月前の〈紅葉〉本店の厨房を思い出していた。

「天。これに出てみろや」

暖簾を仕舞った夜の九時。とつぜん大将が一枚のチラシを天翔さんに渡した。

「なんすか、これ」

受け取った天翔さんはチラシをオモテ、ウラと順に検めた。そんな天翔さんを、両手を腰にあて眉間に皺を寄せた大将がじっと見つめている。おれは床にモップをかけながら、ふたりのやりとりに耳をすませた。

大将は〈中華そば紅葉〉の創業者だ。歳は六十代の初めくらいだろうか。二十歳そこそこのころ屋台でラーメンを作り始め、試行錯誤を重ねたのち、現在の中華そばに辿りついたという。妻なし、子なし。その一生を中華そばに捧げたような男だ。

「大将、こんなのにエントリーしてたんスかぁ」

天翔さんがチラシをひらひら振る。〈ぐるめフェスタ〉の文字がかろうじて読み取れた。

「おまえ、これに出店しろ」

天翔さんの返事を無視して大将は言う。

「麺は分けてやる。ただし麺以外はぜんぶじぶんで仕込んでみろ。いいな」

「はア」

「待ってくださいよォ。いきなりそんなこと言われても」

あわてたふうにこたえる天翔さんに向かい、

「……もしもここで一位を獲れたらそのときは……暖簾分け、してやるよ」

ひと言ひとこと、噛みしめるように大将が言った。天翔さんが「ひゅおぉぉ」音を立てて息を吸い込んだ。おれも思わずモップがけの手を止める。

天翔さんは今年三十四歳。おれの二つ上だ。暖簾分けを夢みて〈紅葉〉に勤めてもう五年、従業員のなかでは最古参である。

だがなかなか大将は天翔さんに暖簾分けを許さなかった。あとから入った若者たちが次つぎ独立してゆくなかで、天翔さんはひたすら大将の監督のもと、修業に励みつづけている。

閉店後や、従業員どうしで飲むときなど、よく天翔さんは「大将はおれが嫌いなんだ。だから嫌がらせしてやがるんだッ！」と吼えているが、じっさい天翔さんの作る中華そばは「〈紅葉〉に似て非なるなにか」だった。以前先輩のひとりが天翔さんの中華そばを指して「……たましいが入ってねぇんだよな」とぽつりと評したことがあったが、そのことばにおれは大いに納得したものだ。

そう、天翔さんの作る中華そばには「たましい」が、ない。

「まじで⁉ まじスか大将⁉」

天翔さんが問い質す声でおれは我に返った。大将が重々しく頷く。

「ぅおっしゃあああ！」

天翔さんがガッツポーズを作る。そのようすを唖然と見ているおれに、

「てわけだから崇、おまえ天翔のサポートしてやれ」いとも軽々と大将は言う。

「え、おれ？ や、で、でもおれまだ仕込みとか全然わかんないですし」後じさりながらこたえると、

「だからいいんだ。天翔がひとりでやるほかなくなるだろ」細いがよく光る眼でおれを捉えた。

なにを考えてるんだ大将。視線を受けとめながら激しくとまどう。一位を獲るどころか下手すりゃ毎回最下位だ。そんなこと出店する前から——そこでおれは恐ろしい考えに囚われる。

もしや引導を渡すためにこんな茶番を？ 天翔さんを「切る」そのために——

冗談じゃない。そんなことに巻き込まれてたまるものか！

「た、大将、やっぱおれにはとても」必死に言い募ったが、

「頼んだぞ崇」

言い捨て、大将は奥へと消えていった。ぼう然とするおれと小躍りする天翔さんを残して。

こうして天翔さんとおれは約一か月間本店を離れ、全参加店中のトップを獲るべく日夜努力しつづけているのだった。


その日の夜十一時。ようやく片付けを終えたおれは重たい足を引きずりながら自宅であるアパートの外階段を上っていた。

結局今日も客は少なかった。このぶんでは明日もトップなど見込めないだろう。いや明日どころか、明後日も、明々後日(しあさって)も。

「ただいま」

ドアを開け、暗い部屋に声をかける。もちろんこたえてくれる家族はいない。荷物を置き、座り込む。どっと疲れが襲ってきた。

このままで大丈夫だろうか。こんな生活をつづけて、いつか家族とまた一緒に暮らせる日は来るんだろうか。不安や焦り、後悔が、ひたひたとおれにまとわりついてくる。

落ち着け、深呼吸だ。おれはじぶんに言い聞かせる。と、ジャケットのポケットに入れたスマホが鳴り出した。LINEの画面に「♡亜由美♡」と表示されている。思わず顔がほころぶ。画面をタップする。とたん、「パパー！」長男・晶の元気な声が響いてきた。

「だめじゃないか、こんな遅くまで起きてちゃ」

怒ってみせようとするのだが、我ながらにやけた声にしか聞こえない。

「あのね今日ね保育園でね」

勢い込んで話す晶の横から「パパぁ。パパぁー」まだ舌足らずの由維が割り込む。ふたりの話を相づちを打ちながら五分ほど聞いてやると、ようやく亜由美にスマホが渡った。

「元気？　変わりない？」

三日に一度はこうしてやりとりをしているのだが、亜由美はかならず最初にこう聞いてくる。

「元気だよ。そっちは？」

「こっちもみんな元気。今夜は三人でね、マック、食べてきたの」

亜由美が弾んだ声を出す。

亜由美の実家はすでに弟夫婦に代替わりしている。いわば母子三人、居候させてもらっているかたちだ。いくら実家とはいえ、肩身の狭い思いをすることも多かろう。そう思うたびおれは胸の芯のあたりに、ぎゅっ、強く絞られるような痛みを感じる。おれが悪いんだよな。逃げているおれが。

他愛(たわい)ない話を十分ほどして、電話を切った。スマホを胸の上に載せ、おれは床にごろりと寝転ぶ。階下から深夜番組らしきテレビの音が聞こえてくる。その音に、ときおり男女の笑い声が混じる。

早く暖簾分けしてもらえるようにならなければ。眼を閉じ、強く思う。〈中華そば紅葉 永平寺店〉を出店し、亜由美とふたりで切り盛りする。飲食業はけして楽な商売ではないけれど、亜由美とふたりならきっとうまくやれるに違いない。そうしてまた親子四人、ひとつ屋根の下で仲良く暮らすのだ。それがおれの描く理想の将来像であり――なんとしても叶えたい夢であった。

その夢を叶えるためにもまずは天翔さんになんとかなってもらわないと。道連れなんてまっぴらごめんだ。おれは大きなため息をついた。

翌日は土曜ということもあり、前日以上に客でごったがえしていた。

天翔さんは相変わらずカウンターの前で腕を組み、仁王立ちしている。視線の先には「昨日の一位!」の看板。今日もトップは〈かすうどん まる屋〉だ。

「かすうどんめ……賄賂でも贈ってンじゃねぇか」

憎々しげに天翔さんがつぶやく。いやいくら宣伝効果があるとしたって一位を獲るためだけに賄賂なんぞ贈らないだろう。そうは思うが天翔さんが怖くて口には出せなかった。

所在なくスープの灰汁を掬っていると、とつぜん天翔さんがこちらに歩いて来、裏口のビニールを持ち上げた。

「行くぞ、崇」

「へ？　い、行くってどこへ？」

「いいからついてこい」

そのまま大またで歩いてゆく。わけがわからないままおれはあとに従った。

〈Dゾーン・ご当地グルメ〉と書かれたポールの横で天翔さんが立ち止まる。眼の前に、長蛇の列の延びる〈かすうどん　まる屋〉の屋台があった。

「いまから『かす』を奪取する」

天翔さんは巨体をかがめ、おれの耳もとで囁いた。

「はい？」

「昨日おれは客のふりをして『かすうどん』を食ってみた。崇、『かすうどん』の『かす』ってなんだか知ってるか？」

話についていけないまま、とりあえずおれは首を振る。

「いえ」

「『かす』はな、ホルモンの揚げかすのことだ。牛のホルモンをな、脂が抜けるまで揚げた『あぶらかす』のことだ。よーするに残り物の再利用だ」

憤懣やるかたない、という顔で言う。いやそんなことはないだろう、とまたしても思うが、やっぱり口にする勇気は出ない。

「その『かす』を奪ってしまえば『かすうどん』は成り立たん。単なる素うどんだ。かけうどんだ。いや『かす』の出汁がないぶん、かけうどんにも劣るだろう」

うわははは。天翔さんが気持ちよさそうに笑った。

「それでつまりその……」ようやく話が飲み込めてきた。「『かす』を盗んでしまおうと？」

「大きな声を出すなッ！」

天翔さんの喚き声に、周囲の客が驚いて振り向く。

「え、ちょ、待って、それって明らかに犯罪じゃないスか」

おれが後じさると、天翔さんは天を仰いで眼を瞑った。

「犯罪ではない。あえて言うなら」

「あえて言うなら？」

「出来心だ」

無理やりなことを言う。

「えええー⁉」

「いいから行け！　どうしても行かんというのなら……」

もりもり。天翔さんの肩から二の腕の筋肉が盛り上がる。「一斗缶を素手で潰（つぶ）せる男」として天翔さんはこの業界で有名だ。おれの脳裏を、極限まで平たく延ばされた一斗缶の数かずがよぎってゆく。

おれは肩を落とし、言われるがまま〈まる屋〉の裏手に回った。きょときょとあたりを見回しながら天翔さんがついてくる。

厨房にいるスタッフはひとりだけ。注文に追われ、めまぐるしく動き回っている。おれは開け放たれた裏口から半身をなかに入れた。一メートルほど先の寸胴鍋（ずんどうなべ）のなか、山盛りにされた薄茶の物体が見える。どうやらあれが「あぶらかす」らしい。ちらりと天翔さんを振り返ると、引き攣（つ）った顔で頷いた。おれは覚悟を決め〈まる屋〉の厨房に足を踏み入れた。そのとき。

「なにすンだ！」

「てめえこそ！」

おもてから男ふたりの怒鳴り合う声が聞こえてきた。ぎょっとして立ち竦（すく）む。スタッフがあわてたようにカウンターから身を乗り出した。その間も途切れることなく男たちの罵倒し合う声が響いてくる。

「祟、祟ッ！」

呼ばれ、振り向く。青ざめた顔の天翔さんに、

「いったん撤退するぞ。ついてこい！」

手招きをされ、おれはほっとしながら厨房を出、脇から正面に回った。

〈まる屋〉とその隣の屋台〈戦国ほうとう風林火山〉の前に人だかりができている。人だかりの中心に男が三人。ひとりは坊主頭にねじり鉢巻きで片手におたまを握りしめ、もうひとりは青い作務衣すがたで頭に兜を載っけている。最後のひとりはオレンジ色のTシャツを着た若い運営スタッフだった。

おたまを持った男が作務衣に向かって毒づく。

「黙れこの肉なし野郎！」

「威張るなホルモン風情が！」

負けじと作務衣が叫び返した。おれは頭を働かせる。

場所から言ってこのふたりはきっと〈まる屋〉と〈風林火山〉の店主に違いない。理由はわからないがどうやらふたりは喧嘩をおっぱじめてしまい、それを駆けつけた運営スタッフがなんとか収めようと奮闘しているのではなかろうか。

睨み合ったふたりの間の緊張感が見るみる高まってゆく。おれも天翔さんも当初の目的を忘れ、眼前の光景に見入っていた。

「コンの野郎！」叫んだおたま男が、兜をかぶった男に飛びかかる。

　そのときだった。

「恥ずかしくないんですかッ！」

　運営スタッフが叫んだ。おれは反射的にその若者を見つめる。店主ふたりも客たちも揃って彼を見ていた。必死の形相で若者が言い募る。

「あなたたちは食のプロでしょう⁉　それがなんですか店をほっぽりだしてお客さんを置き去りにして！　食のプロならプロらしく食べもので勝負すればいいじゃないですか！　今のあなたたちは、ギタリストがギターで殴り合うようなもんだ！　バットでど突き合う野球選手だ！　あるいは絞め技に帯を使う柔道家、もしくはライバルのネタ帳をコピーしてばらまく漫才師、じゃなかったら相手の的を持って逃げちゃうアーチェリー選手だ！」

　最初のほうはともかく、あとになればなるほどよくわからない説得だった。だが若者の一途さ、健気（けなげ）さはまっすぐに伝わってくる。伝わりすぎて、退（ひ）いてゆく客も出始めた。この機を逃さず我われも脱出しなくては！　我に返ったおれは横に立つ天翔さんを見上げ——今日何度めかの衝撃を受ける。

泣いていた。金剛力士が両眼から滂沱の涙を流し、泣いていた。

「どどどしたんスか、天翔さん⁉」

「……あの兄ちゃんの言うとおりだな、崇……」

ずずずっ。天翔さんは音を立てて洟を啜った。

「は？」

「『食のプロならプロらしく食べもので勝負するべきだ』。まじ、そのとーりだよ……」

くちびるを噛みしめた。

もしかして感動してる⁉　てかあの説得のどこに感動要素が⁉

混乱するおれをよそに天翔さんはぶっとい腕で両眼を拭うと、

「さあ戻ろう！　我われの戦場へ！」

晴ればれと言い放ったのだった。

意気揚々と大股で屋台に戻る天翔さんに、遅れまいと必死でついていく。

まあなんにせよ、天翔さんがやる気を取り戻したのはいいことだ。気持ちを切り替え、カウンターに立つ。折よく女性がひとり、近づいてきた。

「へい、らっしゃいッ！」

なるたけ元気な声で呼びかける。

「ええと、じゃあですね」

女性がメニューに顔を近づけた。おれの背後から天翔さんの期待に満ちみちた空気が漂ってくる。笑顔を絶やさぬようにして注文を待つ。と、とつぜん、男性の低い声が飛んできた。

「やめなさい。ラーメンなぞからだにいいわけがない」

あわてて声の主を探す。六十代なかばくらいだろうか、頑固そうなじじいがひとり、腕を組んで女性を睨みつけている。年齢や顔かたちからして女性の父親らしい。なにを言い出すんだ。ラーメン屋の真ん前で。

困惑したおれは女性とその父親の顔を交互に見つめる。厨房の天翔さんから期待に代わって殺気が飛んでくるのがわかる。その気配に怖気づいてしまったのだろう、

「ご、ごめんなさい」

何度も頭を下げながら、女性が踵を返し歩き去ってゆく。その後ろを満足げな顔のじじいが追う。

「……殺す」

どすのきいた声で天翔さんがつぶやく。恐ろしさのあまり、おれは振り返ることができない。

「ちくしょうッ！」

どだん！　天翔さんがビールの大ジョッキを叩きつけるようにテーブルに置いた。同時に横にいる店員に向かって叫ぶ。

「ビールおかわりッ！　あと揚げ出しふたつ！」

「へい、ビール一丁と揚げ出しふたつッ！」

まだ十代に見える若い男の店員が、悲鳴のような声でオーダーを復唱した。おれは俯いたまま、ポテトフライを齧る。反省会と称して会場近くの居酒屋におれは連れ込まれていた。

結局今日も惨敗だった。

あの父娘のあとたいして客は来ず、おまけにとつぜん大雨が降り出して、食器やらなんやらすべて水浸しになってしまった。苛々の積もりにつもった天翔さんに怒鳴られ詰られて、心身ともにおれは疲れ切っている。

いや惨敗というより。もう一本、ポテトフライを摘まんでおれは思う。日に日に客の数が減っている気がする。きっとツイッターやLINEでディスられているせいに違いない。思わず盛大なため息をついてしまう。

「お待ちどおさま！」

店員が大ジョッキを置くやいなや天翔さんはひったくるように持ち上げ、ごっご

っごっ、金色の液体を喉に流し込んでいく。ふう、と息を継ぎ、めずらしく天翔さんは、

「……やっぱおれ、向いてねぇのかなぁ」と弱気なことを言った。

「ンなことないっすよ」

口ちゅうをみたすポテトのせいもあり、もそもそした声になる。

「食うのは大好きなんだ。〈紅葉〉のラーメンもだけどさ、カレーでも焼肉でも串揚げでも、おれなんでも好きだし。小学校のときなんか『お代わり皆勤賞』もらったんだぜぇ」

たしかに天翔さんの食いっぷりはすばらしい。あの厳しい大将ですら「食べる天翔を見ていると生きる意欲がわいてくる」と絶賛するくらいだ。

おれは思い切って、ずっと気になっていたことを聞いてみる。

「そもそもなんで天翔さんは〈紅葉〉に入ったんスか？」

「母ちゃんの紹介」

「は？」

「母ちゃんと大将は古い知り合いなんだと。で、職探ししてるときに母ちゃんに勧められてさ」

言いながら、焼き鳥をいっぺんに五本、頰張った。

「〈紅葉〉の前も飲食店だったんスか？」

「いや、警備や工事のバイトとか。いちばんつづいたのはクルマの解体の仕事かなぁ」

「へえー」

おれは感心して頷く。海苔を刻むよりはたしかにクルマを壊す、もとい解体するほうが天翔さんには似合っている気がした。

「お待たせいたしましたぁ」

店員がそそくさと揚げ出しどうふの鉢をふたつ、テーブルに置いた。

出汁と油のまじったまろやかな匂いが漂ってくる。たっぷり盛られた大根おろしと生姜（しょうが）の瑞々（みずみず）しさを、小葱（こねぎ）の緑が引き立てていた。

「おぉ、かつぶしが踊ってる踊ってる。崇、熱いうちに食おうぜ」

天翔さんが鉢を引き寄せる。おれもじぶんの鉢を取り上げた。出汁と醤油（しょうゆ）の甘辛い匂いがいっそう強まる。

半丁はある大きめの揚げ出しを、天翔さんはまるごと頬張った。とたんに顔がほころぶ。

「うめぇ、こりゃうめぇ！　ふわっとしてんのにかりっとして、しかもとろとろだぜ！　揚げ出しどうふ考えた奴（やつ）は天才だな、天才！」

うめぇうめぇを連発しながらたいらげてゆく。そんな天翔さんのすがたを見た周りの客が愉しげに微笑む。怯えていたあの店員さえもが笑顔になっていた。店内が一気に和やかになる。

とうふを箸で割り、おれも口に入れる。なんてことはない普通の揚げ出しどうふのはずなのに、天翔マジックのせいか、今まで食べたどれよりも美味しく感じた。美味しく食べられるのはしあわせだ。そのしあわせを天翔さんは知っている。なのになぜ。

天つゆを飲み干す天翔さんを見ながらおれは思う。なぜ天翔さんには作れないんだろう、あの味が。〈中華そば紅葉〉のあの味が。

『……たましいが入ってねぇんだよな』

先輩のことばがよみがえる。たましい。よくわかる。けれどそのたましいとはいったいなんなのか。どうしたら身につくものなのか。わかるけれどもわからない。わかるようでわからない。陽の射さない深い森を、おれと天翔さんはさ迷っている。

「早く店、持ちてぇな」つぶやいて天翔さんは頭をがりがりと掻いた。

「どうしたらいいんだろうなぁ……」

おれはテーブルの上で手を組み、じっと考える。

「とにかく基本に返りましょう」

「基本……」

「大将に教わったとおりに作る。それしか……ないですよね」

目を上げ、天翔さんの顔を正面から見た。

「ねぇな……たしかにそれしかな」

ふぅう。天翔さんは大きく息をつくと、残りのビールを喉に流し込んだ。

翌日からずっと、天翔さんは教え込まれたとおりに出汁を取り、味を調え、かえしを作りつづけた。傍(はた)で見ているおれには、本店で大将が作っているものとなんら変わりないように見える。見えるのだが試食してみると——やっぱり「たましい」がないのだった。

料理は難しい。

同じ材料、同じレシピ、それでも同じにならないのはなぜなのか。たましいが宿らないのはなぜなのか。

おれも天翔さんも正解を目指し、必死にがんばってはいるのだが、「これぞ」という一杯が作り出せない。作り出せないまま時間だけが過ぎてゆく。

相変わらず客足は伸びず、ランキングにも入れない。

焦りと不安の日々がつづき、さすがの天翔さんも面やつれし始めた。眼の下にはくっきりと隈(くま)が浮かび、垂れ、たわんだ頬のせいか、十も二十も老け込んだように見える。だがきっとおれも同じような顔をしているのだろう。なぜなら天翔さんに「ゾンビみたいだぞ祟」しみじみつくづくと言われたからだ。

そうこうしているうちに〈ぐるフェス〉の折り返し日も過ぎ、会期は残すところあと一週間となってしまった。

「事件」が起こったのは、まさにそのラスト一週間の最初の日であった。


「おはようございます」

あくびを嚙み殺しながらおれは裏口のビニールを押し開けた。昨夜も終電ぎりぎりまで粘り、部屋に辿りついたのは午前一時を過ぎていた。

視線の先に天翔さんがいた。椅子に腰かけ、こちらに背を向けて手もとをなにやらいっしんに見つめている。昨夜仕込んだスープやかえしの鍋が手つかずのまま放置されていた。

「天翔さん？」

不審に思い、声をかけるがぴくりとも動かない。おれは背後から近づき、天翔さんの手もとを覗き込む。オレンジ色の文字で「ぐるフェス　人気ランキング　投票券」と書かれたはがき半分ほどの紙の束。天翔さんはその紙の束を食い入るように見つめていた。

「なにやってンすか⁉」

思わず大きな声が出た。びくん。天翔さんのからだが震える。

「あ、お、たた崇」

隠すように紙を右手に握り込んだ。

「それ、投票券ですよね、ここの。どうして持ってるんですか、天翔さんがそれを」

「や、今朝歩ってたらさ、たまたま落ちてて、そこのごみ箱の横に」

問い質すおれから視線を外して、左手で飲食スペースを指す。

「白紙の投票券が？　こんな束になって？」

「あ、ああ……」

天翔さんの舌が縺（もつ）れる。

「それで拾ったンすか」

「まあな」

「拾ってどうするつもりだったんですか」

「どうするっておまえ……」

おれが重ねて問うと、視線をこれでもかと泳がせつつ、天翔さんが言い淀（よど）む。

「そりゃおまえ……」

「……偽造しようとか思ってませんよね、まさか」

ぎょっとしたように天翔さんがおれを見る。顔に思い切り「御名答」と書いてある。

「天翔さん……それじゃせっかく今までしてきた苦労が」

「そりゃそうだ、そりゃそうだけどよ！　どんなにがんばったって一位は獲れなかったじゃねえか！　一位が獲れなきゃ意味ねーんだよ、そうだろ崇、違うか崇！」

「だめですって！　貸してくださいそれ！」

天翔さんの握りしめた右手めがけ、おれは飛びついた。意外に俊敏な動きで天翔さんが逃げる。追いすがったおれは、天翔さんの腰のあたりを摑んだ。そのままふたり揉み合う。

「離せ崇！」

「嫌ですっ！」

おれを振りほどこうとした天翔さんがバランスを崩した。よろけた拍子におれたちはスープの入った寸胴鍋にぶちあたり、その場に倒れた。がしゃん。派手な音を立てて寸胴鍋がひっくり返り、昨夜仕込んだスープが零れ出す。

「ああッ！」

「うわあッ！」

ふたり同時に悲鳴を上げたが——時すでに遅し。精魂込めて作ったスープはすべて地面に吸い込まれてしまった。

おれはスープにまみれながら、変色してゆく地面を見つめる。頭がまっ白になり、なにも考えられない。

「……もう、だめだ」

涙のまじる天翔さんの声で我に返った。天翔さんの青白いくちびるがぶるぶると戦慄く。

「天翔さん」

「もう、嫌だぁ！」

言うや、天翔さんは立ち上がり、裏口から飛び出していった。

なすすべもなくおれはひっくり返った寸胴鍋と地面に転がる豚骨や鶏のガラを見つめる。視界の隅にスープを吸い込んでふやけ、しわくちゃになった投票券が、映った。

海に近いわけでもないのに、湿った潮の匂いが夜の風に混じって流れてゆく。おれは横を流れる河に眼を転じる。どうやら潮の匂いはこの河から上がってきているらしい。

あのあとおれは天翔さんを探して会場じゅう、いや公園じゅう歩き回ったが見つけることはできなかった。スマホに何度もかけたし、自宅にも電話した。だがそのどちらにも天翔さんは出なかった。

スープもなく店主もいない屋台は閉めざるを得ない。おれはみじめさと敗北感に打ちひしがれながら、ひとりつくねんと誰も来ない厨房に座りつづけた。

やっぱり天翔さんは天翔さんだ。

河と歩道を隔てる手すりに身を預け、おれはとてつもないむなしさに襲われる。いったいおれはなにをやっているんだろうか。妻子を置いて、故郷から遠く離れて。そもそもたとえ暖簾を分けてもらっても、ラーメン屋としてやってゆけるのだろうか、おれは。

疲れた。なんだかすごく疲れた。暗い川面に視線を落とす。街灯のわずかな灯りが反射して鈍く光る。

ぱしゃん。鯉でも跳ねたのか、派手な水音が聞こえる。

逃げてしまおうか。天翔さんから〈紅葉〉からそして家族から、このままおれひとりで、すべて捨てて――

「よう」

河に見入っていたおれはとつぜん肩を叩かれ、飛び上がらんばかりに驚いた。振り向く。頭半分ほど背の低い大将が、おれの真後ろに立っていた。

「ちょうどよかった。店に仕舞いつけておまえンちに行こうとしてたところだ」

大将が肩を揺すりあげる。つられて大将の持つ白いビニール袋が揺れる。

「お、おれんちに？　え、な、なんで大将が」

「話は家でしよう。ま、とにかく行こうぜ」

思いっきりうろたえていると、大将が顎（あご）をしゃくった。


散らかり放題の狭い部屋に大将を上げる。

「なにか飲みものでも。お茶か、あ、ビールも」

「いいからおまえも座れ」

有無を言わさぬ口調で大将が告げる。おれは汚れた服や空のペットボトルをどかし、テーブルを挟んでなんとか大将の前に座った。そんなおれを無言で見ていた大将が、静かに口を開いた。

「で。どうだ、あっちのほうは。上手（うま）く行ってるのか」

無意識のうちに手が汗ばんでくる。おれは手のひらをごしごしとジーンズで擦（こす）る。擦りながら、なんとこたえようか、必死に考えをめぐらせる。

「崇……タカシ」

大将の声で顔を上げる。

「あ、はい」

「おまえ、出身はどこだっけ。たしか日本海側の」

「あ、福井です。福井の永平寺っていう」

「そうだったな。その町でかみさんと子どもたちが待ってるんだよな」

大将のことばに小さく頷く。

「そうか……」大将は腕を組み、眼を瞑った。「なら、きっとわかるだろうな」

「は？」

わけがわからずおれは問い返す。だが大将はそれ以上なにも言わない。開け放った窓から、車が急発進する音が聞こえてくる。耳障りなエンジン音はだんだん遠ざかり、やがて消える。

「ちょっと台所、借りていいか」

「は？」

唐突な大将のことばに、おれはまたしても間抜けな返事を返す。

「冷蔵庫も借りるぞ」

おれの返事に関係なく、大将はごみや服の山をまたいで汚れた流しに立った。右手に白いビニール袋を提げている。

「あの大将」

「いいからちょっと待て」

大将が棚から鍋をふたつ、取り出した。一方に水を張り、もう一方にビニール袋から出したタッパーウェアの中身をあける。冷蔵庫を覗き込み「なんもねぇな」ぶつくさ言いながら葱を一本、まな板に載せた。小気味よいテンポで刻んでゆく。つぅうん。葱のよい香りが立った。

「どんぶりねぇか、どんぶり」

尋ねられるころにはさすがのおれにも大将がなにをしているのか容易に想像がついた。どんぶりにポットから熱湯を注ぎ、じゅうぶん温めてから湯を捨て大将に渡す。大将がおどけるように右の眉をちょっとだけ上げてみせた。

「お待たせ」

とん。大将が湯気の立つどんぶりをおれの前に置いた。懐かしい匂いを、おれは胸いっぱいに吸い込む。自然に唾がわいてくる。腹がきゅうと鳴った。

「大将、これ……」

「いいから食え。葱しか載ってねぇけどな」

目じりの皺をぎゅっと寄せ、大将が微笑んだ。

おれは一礼してから箸を取り上げ、〈紅葉〉の中華そばを、ずぞぞっ、啜り込んだ。中太の麺にスープが絶妙に絡む。魚介系の出汁の味がまず口のなかに広がり、それを追いかけるように動物系の旨みが舌にしみわたる。濃いめのかえしは醤油ベースだが、尖りはなく、あくまで澄んでまろやかだ。

ああこの味だ。おれは夢中で麺を啜りスープを飲み込みながら思う。忘れかけていた〈紅葉〉のほんとうの味が、舌にからだに、そしてこころにしみわたる。おれが感動した味。亜由美や子どもたちに食べさせたいと思った味。故郷の町で広めたいと希った味――

そのときだった。おれの全身に稲妻のような閃きが走ったのは。

おれは硬直し、ついで顔を撥ね上げ、大将を見た。大将がかすかに頷く。それから、ぽつり、

「がんばれよ、ふたりとも」つぶやいた。

大将が帰るとすぐ、天翔さんの自宅住所を聞くため、おれは店の先輩に電話をかけた。

とにかく行ってみよう。いないかもしれないけど、いても会ってくれないかもだけど、でもこのまま、なにもしないまま明日を迎えるのは嫌だった。

先輩に教えられたとおりの道を辿り、細い路地に面した古い家の前に着く。トタ

ン屋根の木造の一戸建て。外壁のペンキは剥(は)げ落ち、郵便受けは錆(さび)で覆われている。全体にやや傾いて見えるのは気のせいだろうか。呼び鈴らしきものが見当たらないので、おれは玄関扉の前で声をかけた。

「天翔さん、おれです、崇です」

返事はない。いないのか、それとも居留守なのか。判断がつかぬまま、おれは何の気なしに扉に手をかけ、引いてみた。がららら。威勢のいい音を立てて扉が開く。

開いてしまった！　なんて不用心な！　てか開けてしまってどうしよう、おれ⁉　もろもろ混乱したが、ここまで来てはもはや引くこともできない。覚悟を決め、おれは「お邪魔します」、呼ばわりながら暗い家のなかにそろそろと入っていった。奥のほうからわずかに光が差してくる。テレビの音らしきものも聞こえた。そのふたつを頼りにおれは廊下を進む。

　天翔さんがいたのは居間と思われる六畳ほどの和室だった。十月初めだというのにこたつが置いてあり、そこに足をつっこみ、首を前に突き出すようにして座っていた。テレビでは一昨年公開された邦画が流れている。天翔さんの眼はテレビに向いているものの――そのじつなにも見えていないように、淀み、くすんで見えた。

「なにしに来た、崇……」

画面から眼を離さず天翔さんが言う。生気がまったく感じられない声だった。

おれは一度大きく唾を飲み込んでから言う。

「仕込みに来ました、明日の」

「仕込み？」

「このままじゃ明日も店を開けられません。だから仕込みましょう、天翔さん」

天翔さんが乾いた声で嗤う。

「意味ねえだろ、そんなことしても。どうせ来ねえよ、客なんか」

「わかりませんよ」

「わかるよ！　わかってンだろおまえにも！　おれじゃだめだって！　おれの作る中華そばじゃだめだって！」

「……逃げるんですか」

「あア？」

おれは勇気を振り絞って一歩、天翔さんに近づいた。

「そりゃ逃げたくなる気持ちわかりますけど、おれだって逃げてここまで来たようなダメ人間だから天翔さんの気持ち、すげえわかりますけど……」

押し黙ったまま天翔さんがおれを見ている。

「逃げちゃだめなときって、あると思うんです。踏ん張らなきゃなんないときが。やり遂げなきゃいけないときが。人生には、きっと……」

おれは眼を瞑った。亜由美の晶の由維の笑顔が笑い声が、花のように咲き乱れる。

「逃げちゃなんねぇとき、かぁ……」

天翔さんがつぶやく。そのとき、

「あらあら。今夜はずいぶん賑やかねえ」

柔らかな女性の声がし、ぱっと居間の明かりがついた。驚いて振り向く。女性がひとり、ふすまの横に立ち、にこにこ笑いながらこちらを見ていた。やや小さめではあるが、輪郭といい立ちすがたといい天翔さんにそっくりだ。

「……母ちゃん」

ぼう然とした声で天翔さんが言う。あわてて頭を下げた。

「は、はじめまして。お邪魔しています。あ、あのおれ、天翔さんの後輩で」

「あらあらそれはそれは。天翔がいつもお世話に」

天翔さんのお母さんはからだに似合わぬ小さな眼をぱっちり開いて、首を傾げるように会釈を返した。

「遅かったな母ちゃん」

お母さんと視線を合わせずに天翔さんが問う。

「部屋をひどく汚した客がいてねぇ。後片付けに時間かかっちゃってさ」

よっこらしょ、つぶやきながらスーパーの袋をこたつに置いた。

「これ明日のパン。あんたの好きなピーナッツバターも買っといたから」

「おう」

こたえる天翔さんはどこか気恥ずかしげだ。

「仕込みかい。手伝いに来てくれたの？」

おれの顔を覗き込むようにして、お母さんが聞く。

「あ、はい」

「そう。こんな子だけど、よろしくお願いしますね」

ひと懐っこい笑みを浮かべる。天翔さんが、しっしっ、手を払う。

「いいから、母ちゃんはあっち行ってろ」

「はいはい。じゃあがんばんなさいよ」

ちっちゃい目玉をおどけたようにくるりと回すと、居間から出て、間のガラス戸を閉めた。そのまま廊下を遠ざかっていく足音がする。足音を聞きながらおれはつぶやく。

「びっくりした……」

「なにがだよ」

「天翔さんのお母さん。すっごいまともなひとじゃないですか……」

「そこかよ！」

ばしん。背中をど突かれ、思わず咳き込む。涙の滲む眼で見上げた天翔さんは、痛いようなくすぐったいような、複雑な顔をしていた。

「天翔さん？」

おれはそっと声をかけた。

「……もっと遅いときもあるけどな」

ぼそりと天翔さんが言う。

「は？」

「母ちゃん。昼はスーパーで、夜はホテルで働いてっからさ」

「あーだからさっき『部屋を汚した客』って」

「せめて夜くらい、ゆっくりさせてやりてぇんだけどな。いや、ゆっくりさせてやらなきゃいけねえなぁ」

「……はい」

おれは大きく頷いた。

今ならきっと天翔さんにもわかるはずだ。欠けていた「たましい」、その正体が。

料理は、じぶんのために作るものじゃない。

ひとのため、大切な誰かの笑顔のために作るもの。

その想(おも)いが「たましい」であり——レシピや材料を超え、美味しさの源となるものなんだ。

天翔さんがおれを正面から見る。おれも天翔さんを正面に見た。

やがて静かに天翔さんが言う。

「行くか、祟。仕込みに」

「つきあいますよ、どこまでも」

おれは腹の底から声を出す。

「今夜は徹夜覚悟だな」

「徹夜、上等っす」

ばしん。ふたたび背中をど突かれ、思わずよろける。そんなおれを見て天翔さんが笑った。

「本日午後五時をもちまして〈ぐるめフェスタ〉は終了いたします。みなさまありがとうございました。次回春の〈ぐるフェス〉もどうぞよろしくお願いいたします」

園内のスピーカーから同じアナウンスが繰り返し流れてくる。アナウンスに促されるように客の波が出口へと向かい始める。

「……終わったなぁ」

　天翔さんがつぶやく。

「……終わりましたねぇ」

　隣でおれもつぶやいた。

　結局一位は獲れなかった。

　それでも最後の一週間は今までになく客の入りも良く「がんばった甲斐があった」と、おれと天翔さんは抱き合って喜んだ。

「さてっと。片付けるかぁ」

　天翔さんが大きく伸びをしながら言った。頷いておれは厨房へと踵を返す。と、

「中華そば並盛りひとつ」

　しわがれた声で注文が入った。この声は。反射的に振り向く。カウンターの向こう側に私服すがたの大将が立っていた。

「大将……」天翔さんがうめいた。「なんでここに……」

　かまわず大将は「いいから作れ。ほら」無愛想に言った。

　天翔さんもおれも直立不動のまま呼吸すら最小限にとどめて〈中華そば紅葉　ぐ

るフェス店〉のラーメンを食す大将を見守った。

どんぶりを置いた大将が「ごちそうさま」と言ってようやく、どはぁ、詰めていた息をおれたちは吐き出す。

「よくがんばったな、天翔、崇。旨くなったよ。一か月前より格段に旨くなった」

そんなおれたちを見ながら大将が言う。天翔さんが叫ぶ。

「まじすか大将⁉」

「ああ」

「じゃ、じゃあああの、一位は獲れなかったけど、もしかしておれ」

「……いや。やっぱり暖簾分けはやめておこう」

大将はゆっくりと首を振った。

「なんで、え、だって旨くなったって」

「それはな天翔、崇のおかげだよ。崇のちからでここまで来られたんだ。おまえひとりじゃあ……」

がくり。天翔さんの肩が落ちる。おれはなんとこたえてよいかわからず、足もとを見つめた。

一か月ものあいだ客の足に踏みしだかれた芝生は、ところどころまだらに剝げ、赤い土が見えている。その赤が、なんだか妙に生々しくおれの眼に迫る。

「……すまなかったな天翔。おまえをここまで追い詰めておいて。おれが悪い。すべておれの……責任だ」

とつぜんのことばに、おれは驚いて大将を見る。

「は？　どーゆー意味スか、大将」

尋ねた天翔さんの声は、ずいぶん間延びして聞こえた。大将がまっすぐ天翔さんの眼を見つめる。

「おまえに料理の才がないのはうちに来てすぐにわかった。なのにずるずると五年も修業、させちまった。おまえの大切な時間を無駄にさせちまった」

「おれに料理の才がない……」

問い返す天翔さんに大将が頷く。

「だけどおれは言えなかった。諦めろと言えなかった。今回は最後の賭けだった。追い込まれればもしかして『奇跡』が起こるかもしれないと……信じたかったんだ、おれは」

腹の底から絞り出すような、それはことばだった。

「なんで。なんでですかァ」

天翔さんのくちびるが震えている。

「そんな回りくどいことして……嫌がらせですか。おれのこと嫌いでそれで」

「違う」

強い口調で大将が遮る。

「それは違う天翔。逆だ。その逆だ」

「ぎゃく？」

大将は、射るようなまなざしを天翔さんに注いだ。

しばしの間。そして静かにことばを継ぐ。

「天翔、おまえは……おれの子だ。この世でたったひとりの……おれの、息子なんだよ」

「……は？」

天翔さんが子どものようなしぐさで首を傾げた。

「すんません大将、意味がよく」

「おまえはおれの子で、おれは……おまえの父親なんだ」

嚙んで含めるように大将が告げる。視線はまっすぐに天翔さんを捉えている。天翔さんの口はまんまるに開いたままだ。

おれの思考が停止する。ひとびとのざわめきも、走り回る運営スタッフのすがたもなにも頭に入っては来ない。

「じょ、冗談は止めてくださいよ」

天翔さんの頬がぴくぴくと痙攣する。大将が深く息を吸い込んだ。

「冗談でこんなことが言えるか、馬鹿」

「でも、あの、いや、だって」

混乱と困惑の入り混じった天翔さんの声。

大将がまぶたを閉じる。

数秒ほど、そうしていたろうか。

ふたたび開いた大将の眼には、なんとも形容しがたい深い色が宿っていた。

「……おまえはな、天翔。むかし馴染みだった女との間にできた子なんだよ。そのころのおれは〈紅葉〉を開いたばかりで……家庭を持つなんてとてもじゃないが考えられなかった。だけど相手はな、おまえの母さんはな『この子を産む。ひとりでも育てる』と言って……消えちまったんだ。おまえを腹に入れたまま。おれの前から、ある日とつぜん」

大将と天翔さんが父子。むかし馴染みだった女。

おれの脳内をことばの断片がくるくると回る。

天翔さんは黙りこくったままひと言も発さない。身じろぎすらしない。そんな天翔さんから視線を離さずに、大将がつづける。

「だから驚いたよ。五年前いきなりおまえの母さんから連絡があったときは。ほんとうにおれの子だろうかって疑ったりもした。けど、店にやってきたおまえを見たらすぐ納得したよ。でも結局……それがいけなかったんだなぁ……おれの眼をくもらせ、おれから冷静さを奪っちまったんだなぁ」

「大将が、おれの父親……」

天翔さんが、どこか間延びした声を発する。

「ああ、そうだ。その通りだ」

大将のことばに、天翔さんの巨体が、ゆらり、揺れる。

ゆらり、ゆらぁり。

まるで時計の振り子のように、天翔さんは揺れつづける。

大きなごみ袋を背負った運営スタッフが目の前を通り過ぎてゆく。

巨大なからすが一羽、かあぁ、ひと声発して上空を飛んで行った。

天翔さんが動きを止める。腹の底から絞り出すように、ことばを押し出した。

「……ひとつ、聞いていいスか」

大将が小さく頷いた。

「……おれには無理ですか。〈紅葉〉のラーメンを作るの、おれには無理ッスか？」

大将の顔が苦しげに歪む。

「ああ……無理だ」

痩せて小柄な大将。その前に立ちはだかる天翔さんのからだは硬く大きく、まるで岩のようだ。

その岩が、ぐらり、傾いた。同時に大地を割るかのごとき咆哮が響きわたる。泣いているのだと、声を上げからだ震わせ全身で天翔さんが泣いているのだと理解するまでに、おれにはしばしの時間が必要だった。

入り口のガラス扉が音を立てて開いた。

「いらっしゃいませ！」

おれともうひとり、三日前に入ったばかりの新入りくんが声を合わせて客を迎える。

「うー寒。中華そば並盛り。あ、葱、トッピングで」

「はい、中華そば並盛り、葱入りで！」

新入りくんが大将に注文を伝える。大将は頷き、麺をぐらぐら沸き立つ湯のなかに入れた。その横でおれはどんぶりを出し、葱を刻み始める。

客のコートの肩のあたりに、硬く締まった雪のつぶがくっついているのが見える。寒いさむいと思ったらとうとう降ってきたか。永平寺はもう一メートル近い雪だと、昨夜の電話で亜由美が言ってたっけ。

あの〈ぐるフェス〉から二年。おれが東京で迎える四度めの冬だ。葱を刻みながらそんなことを思う。

ガラス戸がふたたび勢いよく開いた。

「いらっしゃいま」せ、と言いかけて思わずじぶんの眼を疑う。熊⁉ 熊が〈紅葉〉に⁉

「よう。初雪だぜ、初雪」

熊ではなく、それはファーつきのフードをかぶった天翔さんだった。

慣れたようすでカウンターの右奥に歩いてゆくと「中華そば天盛り」、大将に直接頼んだ。大将は黙って頷くと「どうだ、調子は」手もとから眼を離さずに問う。

「ばっちりッスよ。なんせ基礎があるんで」

コートを脱ぎながら天翔さんがこたえる。

「学科もか」

「ん、いや、まあ、そのへんはぼちぼち」

ぼちぼちぼちぼちと繰り返し、おれと眼が合うと、にまり、笑ってみせた。

〈ぐるフェス〉のあとほどなくして店を辞めた天翔さんは、バイト時代の友人の勧めで自動車修理の専門学校に通い出した。学費は大将が出したと聞いている。最初は「生活費も」と申し出たらしいが、天翔さんに「三十超えた男にそんなみっともないことさせないでほしいス」と断られたという。

「その代わり」

話し合いのなかでひとつだけ天翔さんはお願いをし、大将は快くその願いを聞き入れた。

だがのちのち大将は「あのとき無理やりでも生活費を振り込んじまえばよかった……」深くふかく後悔することになる。

「崇。夏前には独立だってな」

おしぼりで顔じゅう拭き上げながら天翔さんがおれに問うた。

「はい。来月休みもらって、いちど段取りに帰ります」

「そうか」

天翔さんがじっとおれの顔を見る。

「なんスか。なんかついてますか、顔に」

おどけてみせると、ふっと天翔さんが微笑む。

「男になったな、崇」

ぱちん。指を鳴らしてみせた。

「ぶふっ」

大将が噴き出し、誤魔化そうとしてか「ん、んんんッ」わざとらしく咳払いをした。

「中華そば並盛り葱入り、お待たせしました」

新入りくんが、どんぶりを最前の客の前に置いた。

「そうか……とうとう〈中華そば紅葉　永平寺店〉開店かぁ」

しみじみと天翔さんがつぶやく。おれは一礼し、葱を刻みつづけた。

ややあってから大将が無愛想に「ほらよ」、どんぶりというよりもはや洗面器に近い大鉢を天翔さんに差し出した。初めて見たのだろう、新入りくんが息を呑む気配がした。

これが「天翔盛り」、略称「天盛り」である。

麺の量八百グラム。厚さ一センチの叉焼がべらりと八枚並び、まんなかには唐辛子で和えた白髪葱がこんもりと鎮座している。てっぺんには粗く刻んだ大量のにんにく。メニューのどこにも載っていない、いわゆる「裏メニュー」というやつだ。

「おお」

天翔さんの瞳が脂を反射してきらきらと輝く。

「いただきます」

両手をぱちんと合わせてから、ものすごい勢いで麺を啜り出した。

いつものことながらみごとと言うほかない食いっぷりだ。先客が眼を丸くしてその光景に見入っている。

「ほわぁ……」感動したのかそれとも怖気づいたのか、どちらともつかないため息を新入りくんがついた。大将は腕を組み口をへの字に曲げて、食べつづける天翔さんを見つめている。その目もとがわずかに緩むのを、おれは視界の端に捉える。

ものの三分で天翔さんは洗面器を空にした。

「ごっそさんでした」

コップの水も飲み干し、天翔さんが立ち上がる。コートを摑み、レジを素通りしてガラス扉に手をかけた。

「あ、あのすみません、お客さん」

追いすがる新入りくんを、ちらり、天翔さんが一瞥する。

「あーすまんすまん。はいよ、これ」

内ポケットからカードを一枚、取り出してみせた。

「え、あの、え、これっていったい」

受け取った新入りくんが、カードと天翔さん、そして大将とおれをじゅんぐりに見、とまどった声を出す。カードにはサインペンで大きく「〈紅葉本店〉無料券」、そして「有効期限　大将が引退するマデ」と書かれてある。

おれは新入りくんに頷いてみせた。

「……そういうことだから」

「……生活費のほうが安かった」

大将が瞑目（めいもく）して天を仰いだ。

天翔さんはカードをそそくさと内ポケットに仕舞うと「夏から永平寺店も入れとくかんな」、弾んだ声を出した。

「や、やめてくださいよ！ 冗談じゃないッスよ！」悲鳴を上げるおれに向かい、

「逃げるなよ、崇」にやりと天翔さんが笑う。「逃げちゃだめなときがあるんだろ。人生には」

くうぅ。おれはくちびるを噛みしめる。

「じゃあな」

右手をひらりと振って、天翔さんが去って行った。

「うー寒いさむい」

「なんにする？」

「叉焼麺食いてぇ」

入れ違いに会社員風の男たちがどやどやと入って来、〈紅葉〉の店内は一気に賑やかになった。

注文を受け、厨房内をくるくる回りながらおれは考える。

あのカードをもし亜由美が見たらきっとすげえ怒られるだろうなぁ。てかまず天翔さんを見た品と由維が怯えて泣くな。そもそもあんな洗面器みたいな大鉢、ウチ

の店に置くつもりないし。あ、そうだ、来月帰省したとき亜由美と食器についても相談しなきゃな――

「崇！　ぼうっとしてるんじゃねえ」

大将がぴしりと言った。

「はいッ」

こたえておれは麺を湯掻（ゆが）く手に神経を集中させる。

ミュータントおじや

仮設ステージの横に置かれた長机の後ろに美優（みゆ）は立っている。

美優の横には「美優たんと♡ライヴ@ぐるフェス　握手会」と書かれた立て看板。

二十人ほどのファンが長机の前に整然と並び、美優と握手する瞬間を待っている。

「み、美優たん。きょ、今日もすごい素敵だったよぉ」

つっかえつっかえ喋（しゃべ）るニキビ面の男の手を両手でくるむように握り、美優はにっこり微笑む。

「ありがとたん、リョウくん」

「お、覚えてくれてるの⁉」

「もっちのろんたん。美優、ファンのみんなのこと、いっつも考えてるもん！」

わざとくちびるを尖（とが）らせると、ニキビくんはふにゃらと相好を崩し「かかか感激ッス！」握られた手を上下に大きく振った。

「はい、ありがとうございましたァ。はい次のかたー」

美優の後ろに控えているマネージャーの根本が乾いた声で言う。ニキビくんはなごり惜しそうに手を離すと、バイバイしながら去っていく。美優も手を振り返し、だがすぐに次のファンに向けて笑顔を作る。

「美優たん、今日も来たよ」

痩せた神経質そうな青年が美優と眼を合わさずに言う。彼も常連のひとりだ。美優は白い歯を見せて笑い、彼の手を取った。

「嬉しいたん、まーくん!」

青年が小声でぼそぼそ喋り始める。

美優は、うんうん、熱心に聞くふりをしながら、こころがどんどん冷たく硬くなってゆくのを感じる。

今日の客もいつもと同じ顔ぶれだ。しかもいつもよりかなり少ない。平日の昼という悪条件を差し引いても、年ごとに月ごとに、いやもしかすると日ごとにファンが減ってゆく感覚を恐怖を、美優は感じている。

後ろに立つ根本が「はふぅ」美優に聞こえるくらい大きな欠伸をした。

ファンの列を美優はちらりと見る。仮設ステージ横の、唐揚げの屋台に並ぶ客よりファンの列は短い。

唐揚げに負けてんじゃん、あたし。

そう思ったとたん首すじからうなじにかけて小虫の這いあがるような不快な感覚が、美優を襲う。

事務所のオーディションに合格した美優が、故郷高知から単身上京したのは中学二年、十四歳のときだった。両親は最初断固反対の立場を貫いていたが、「三年やって芽が出なかったら高知に帰る」という条件で、しぶしぶながら上京を許してくれた。

チャンスは意外に早くやってきた。十五のとき五人組のアイドルグループの一員に抜擢され、念願のデビューを果たすことができたのだ。センターである小岩井あすかがドラマの準主役を射止めた幸運もあって、グループは一気にメジャーへの階段を駆け上る。

だがチャンスと同様に人気が冷めていくのも意外に早かった。

美優が二十歳になった年、グループは解散し、あすかと美優を除く三人は芸能界から去って行く。

あすかは「若手演技派女優」の道を選んだが、美優はかたくなにアイドルにこだわった。ものごころついたときから憧れつづけたアイドル。アイドルとしてほんの少しでも可能性が残されているのなら、そこに人生を賭けたい。そう事務所に頼み込み、ピンのアイドルとして再デビューを遂げる。

それから五年。

「アイドル大和美優」は二十五となり——アイドルという名の満員電車に、なんとかかろうじて乗っている状態だった。次の駅で新しい「客」が乗り込んで来たら、いちばん弾かれ押し出されやすいドアの前、摑むべき吊り革も手すりもなく、しかもつま先だけで立っている。今じぶんがそんな立ち位置にいることを、美優はひしひしと感じている。


仕事を終えた美優は、いつものコンビニでサラダと炭酸入りのミネラルウォーターを買い、じぶんの部屋へ足を運ぶ。夕飯はこれだけ。美優は太りやすい体質で、だから炭水化物や脂もの甘いものはいっさい食べないようにしている。

1LDKの自宅の鍵を開け、玄関に立つ。雨戸を閉め切ったままの部屋の空気は、妙に冷えびえとして、じゃっかんかび臭い。雨戸をはんぶんだけ開けて空気を入れ替える。

雨戸を開けないという習慣ができたのは、デビューしてからのことだ。人気絶頂だったころファンに外から部屋を盗撮され、それがネットに載って大変な思いをした。そのときマネージャーに「今後なるべく雨戸は開けるな」と注意され、以来、ほとんど閉め切ったままの生活をつづけている。

　厚いカーテンを引きながら、美優はふと思う。

　アイドルを辞めたら、自由に好きなだけ開けられるんだ。アイドルを辞めたら。

　海面にぽっかり浮かんだ泡のようなその思いを、美優は強く頭を振って必死に追い出す。なに言ってんの美優。まだまだやれるでしょ美優。

　逃げるように窓から遠ざかり、コンビニのサラダとミネラルウォーターをテーブルに並べる。テレビのリモコンを押し、いくつかザッピングしたのち、お笑い芸人がMCのクイズ番組に合わせた。

　なるたけ時間をかけてレタスだのきゅうりだのを咀嚼（そしゃく）する。お腹（なか）がふくれるよう、炭酸水をたくさん飲んだ。

　アイドルのなかには自炊することで低カロリーな食生活を守るものもいるが、美優はそれはしない。というよりできないのだ。キッチンにあるのは、ファンから贈られた琺瑯（ほうろう）の小鍋（こなべ）がひとつと果物ナイフが一本。それだけ。

　二十分かけてサラダを食べ、炭酸水を飲んだ。ソファに背を預け、そのままぼんやりテレビを見る。いつのまにかクイズ番組は終わり、美優より五歳年上のイケメン俳優主演のドラマが始まっていた。

　優しげなベビーフェイスで三十代女性を中心に絶大な人気を誇っているが、じつは陰湿な性格で、暴力的な側面のあることを美優は知っている。苛々が募るとセットの陰でマネージャーを殴ったり蹴ったりしていることは業界内では有名だ。美優も一度だけだが見かけたことがある。しかも彼はいやらしいことに、弱いものにしかあたらない。先輩や共演者、局のお偉いさんの前では完璧に好青年で通している。そして彼らも見て見ぬふりをしている。そう、人気のあるうちは。

ま、彼にかぎったことじゃないけど。醒めた眼で画面を見つめる。真っ正直に生きるものが馬鹿を見る。芸能界とはそういう世界だ。チャンネルを替えようとした美優は、切り替わったシーンを見て、思わず動きを止める。

イケメンの恋人役。それはかつて同じアイドルグループでセンターだった、小岩井あすかだった。

あの子は成功してる。あの子は注目されてる。あたしが数十人相手に営業してるとき、あの子はドラマの撮影現場にいてたくさんのスタッフに囲まれ華やかなライトを浴びてどんどん有名になって。

あの子はあの子はあの子は。

スタートは同じだったのに。

あたしはあたしはあたしはあたしは。

あたしは？

美優は、ふらり、立ち上がるとキッチンへ行き、収納棚を開ける。なかにはポテチやチョコパイといった菓子がぎっしり詰まっている。抱えられるだけ抱えてリビングに戻り、袋を破いて端から口に放り込む。

ばりん、ぼりぼり、ごくり。ばりん、ぼりぼり、ごくり。

飲み込むように胃へ。ひたすら腹を満たす、ただそれだけのために。

喉もとまで菓子を詰め込んで、ようやく美優の手が止まる。落ち着きを取り戻すと同時に、恐怖と後悔が大波のように押し寄せる。美優はトイレに駆け込み、ゴム手袋をつけた手を喉の奥に突きたてる。吐き気はすぐにやって来、美優は便器を抱きながら、いま食べたばかりのものを嘔吐する。腹筋に攣るような痛みが走る。舌の根と耳の下が細かく痙攣する。涙と鼻水がだらだらだらだら際限なく流れ出る。だが嘔吐は止まらない。そして止めるつもりも、ない。

翌日のステージは栃木県佐野市にあるアウトレットモールだった。

曇り空の下、ちっぽけな仮設ステージで歌って踊る。地方都市ということもあり、さすがに追っかけのすがたも少ない。

「マシュマロほっぺはぷにっぷに～。そこに見ゆるは美優たんたーん！　キミのハートにみゅみゅっとしんみゅー！」

決めぜりふとともにターンしてみせる。ミニスカートにあしらったピンクのリボンがひらりと揺れる。気のない拍手がまばらに響き、空模様と同じく美優のこころもどんどん翳(かげ)ってゆく。

ミニライヴを終え、恒例の握手会が始まる。ファンに笑顔でこたえ、赤ちゃん連れの若い母親グループに愛嬌(あいきょう)を振りまく。短い列の最後に並んでいたのは、中学生だろうか、ジーンズにグレーのパーカーすがたの小柄な女の子だった。

「今日はありがとたん！」

朗(ほが)らかに声をかけると、下を向いていた女の子がぴくりと肩を震わせ、それからおずおず顔を上げた。面長で浅黒い顔。眼がひょこっと飛び出て見えるのに加え、やや出っ歯ぎみの前歯が小動物、それも齧歯類(げっしるい)系のなにかを連想させる。

「あの、あの……すごい可愛かったです」

女の子は小刻みに震えながら両手を差し出した。美優はその手を掬(すく)い上げるように取って、軽く上下に揺する。

「わぁーほんと⁉　嬉しいたんたーん！」

女の子の眼がいっぱいに見開かれる。おいおい目ん玉零(こぼ)れ落ちね？　美優は少し不安になる。

「あの、あのあたし、あの」

言いかけた女の子を、

「はーい、それではこれにて握手会、終了しまーす！」

追い立てるように根本が怒鳴る。

「また会おうね－！」

女の子の手を離し、美優は大きくバイバイしてみせた。何度も頷きながら女の子が去ってゆく。

根本がさっさと後片付けを始めた。仮設ステージの裏、客からは死角のスペースで根本を待ちながら、美優はぼんやり思う。

もう来ないだろーな、きっと、あの子。あの子だけじゃない、今日会ったうちのいったい何人が、あたしの顔を歌を名前を、覚えていてくれるだろうか。

ステージの上に吊るされた看板が風に揺れる。がたり。パイプ椅子の倒れる音が派手に響き、美優は思わずからだを竦める。


その週末の土曜日、美優はふたたび〈ぐるフェス〉のステージに立っていた。

美優は今回〈ぐるフェス〉の公式アイドルに選ばれ、ほぼ毎日、ステージに立っている。平日は十二時、土日は十二時と二時半の二回だ。

空は晴れあがり、まだ午前中だというのに気温はぐんぐん上昇していた。

肉を焼くにおい、ソースやゴマ油の香り。

気温が上がるにつれ、食べもののにおいも濃く強くなってゆく。野菜ジュースとサプリの朝食しかとっていない美優にとって、それはとてもキケンなにおいだった。

「暑っちいなー。もう九月なのによー」

バックバンドのギタリストがおおげさに顔を顰め、バンダナで汗を拭った。

「ホントですねー。美優も汗、かいちゃった」

弾んだ声でこたえる。

ふだんはひとりで歌っているが、人出の多い週末だけはサポートバンドが入ってくれる。カラオケと生音。同じライヴでも天と地ほどの差があった。しぜん、美優のこころも浮き立つ。

「はい、じゃバンドさんお願いします」

スタッフの指示でまずギターとドラムのふたりがステージに向かう。すぐにエレキギターが鳴り出し、短いセッションを奏でた。終わると同時に美優は袖から飛び出す。

「みなたーん、こんにちはぁ！」

マイクを握りながら、ざっと客席を見渡した。椅子席はすべてうまり、立ち見の客も大勢。テンションが上がる。簡単なMCを終え、美優は元気よく歌い出す。タイトルは「お願いおむらいす」。もう一週間ほど歌っている曲だが、いまだに意味がさっぱりわからない。

ライヴはそこそこ順調に終わった。

「そこそこ」だったのは、始まってすぐ〈ぐるフェス〉のスタッフのひとりが、なにを思ったのかいきなりエアギターを弾き始めたせいだ。客はそっちに気を取られるわ、ギタリストは逆上するわで一時はかなりやばかったが、すぐにほかのスタッフが飛んで来、そのエアギタ男を連行してくれたおかげで、あとは無事にステージは進んだ。

「殺す殺す殺す」

唸りながら控え室に戻るギタリストを横目で見つつ、美優は長机の後ろに回る。今日は握手会の列も長い。ちらりと例の唐揚げ屋台を見やる。勝った。唐揚げに勝ったぞ。

はんぶんほどこなしたあたりだろうか、美優の前に見覚えのある女の子が立った。飛び出た眼、印象的な前歯。あの子だ。美優はすぐに思い出す。佐野にいた、あの齧歯類系の女の子だ。グレーのパーカーにジーンズという出で立ちも変わらない。

「あの、あの……すごい可愛かったです」

かけてきたことばまで一緒で、美優の顔はしぜんにほころぶ。

「わぁ！　わざわざ来てくれたんだーありがとたん！」

「え、お、覚えてるんですか、あたしのこと」

「もっちのろんたん。美優、大好きなみんなのこと、ぜぇぇえったい忘れないたーん！」

　女の子が震え出した。眼が見開かれ、ついで鼻の穴、そして口まで全開となった。零れる、こぼれるがな！　美優はあわてて女の子の手を取り「よかったらお名前、教えてたん？」と聞く。

「……瑠輝亜（るきあ）です」

　声が小さすぎて聞き取れない。美優は耳に手を添える。

「もっかい言って？」

「星野（ほしの）、瑠輝亜です」

　先ほどよりはしっかりした声でこたえた。

「瑠輝亜。るきあたんね。ありがとたん。また来てねー」

　美優のことばに瑠輝亜はしごく真面目な顔で頷き「来ます。絶対」、両手を祈るように組んで、言った。

　くるみを拾った野ねずみみたいだ。そう考えて美優はなんだか温かい気持ちになる。

　握手会が終わり、美優が専用の控え室に戻ったあとしばらくしてから猛烈な雨が降り出した。

降る前にステージが終わってよかった。今日はラッキーな日かも。

ミネラルウォーターを飲みながら、美優はテントを激しく叩く雨音に聞き入る。

翌日曜日。前日のことばどおり瑠輝亜は〈ぐるフェス〉にやってきた。そしてその次の日も、次の次の日も。

最初のうちは笑顔で迎えていた美優も、週もなかばになるころには「大丈夫だろか」さすがに不安になり始めた。水曜日の握手会、美優は思い切って尋ねてみる。

「瑠輝亜たんって中学生？」

「あ、はい中二です」

「ガッコとかどうしてるの？」

瑠輝亜は目を伏せた。

「う、うち私立なんで今ちょうど試験休みで」

「そーなんだー。でもおうち佐野でしょぉ？　毎日通うの大変じゃない？」

「新宿からバスが出てて。それ乗れば一時間半で着くんで」

「じゃあ毎日ちゃんとおうち帰ってるんだ？」

瑠輝亜は目を伏せたまま、こくりと頷いた。

嘘だな。美優は瑠輝亜の全身を観察しながら思う。髪は脂っぽくべたつき、からだから酸っぱい臭いが漂ってくる。なにより服が変わらない。ずっと同じグレーのパーカーにジーンズで、パーカーにはあちこちしみがつき、ジーンズの裾は汚れて茶色に変色している。

美優はことばを選びながらゆっくり話しかける。

「ねえ瑠輝亜たん。毎日来てくれるの、美優、ほんっっとぉに嬉しいけど、学生たんはさ、ほかにもやんなくちゃいけないこといっぱいあるじゃない？　『美優たんと♡ライヴ』のせいで、瑠輝亜たん、宿題遅れたり、部活休んじゃったりとか、そーゆーのは美優、ちょっぴり悲しいたん」

顔を撥ね上げた瑠輝亜は、真剣極まるまなざしで美優を見つめた。

「それって、もう来るなってことですか」

「違うちがう、来てほしいよ？　ただあんまり熱心だから瑠輝亜たんが」

「だめですか？　熱心に来たら迷惑ですか」

瑠輝亜は長机に両手をつき、身を乗り出した。

かんべんしてよまじで。美優は苛っとし、だが笑顔をキープして、

「迷惑なわけないたーん！　嬉しいに決まってるたん！」

あえて瑠輝亜に抱きついてみせた。瑠輝亜のからだからちからが抜けてゆく。

「……よかった」囁(ささや)くように言い、瑠輝亜が、ぎゅっ、美優を抱きしめ返した。

「明日も来ます。明後日も、明々後日(しあさって)も、その先もずっとずっと!」

手を盛大に振りながら遠ざかってゆく瑠輝亜に笑顔を送りつつ、美優はこころのなかで大きなため息をつく。

あーもぉぉー、ちょーめんどくせー。でも、ま、いっか。どーせすぐ飽きるだろーし。

気持ちを切り替えてつぎのファンに向き直る。

だが現実は美優の想像をはるかに超えてめんどくさくなってゆく。

いつものコンビニでいつもの夕飯を買った美優は、ワンブロックほど歩いたところで尾行者に気づく。

プロではないな。美優は背後の気配を窺(うかが)う。ファンか、たまたまあたしを見かけたヒマ人か。

売れていたころ美優はなんどか尾行された経験がある。熱狂的なファンとか週刊誌の記者とか。だから尾行者を撒(ま)く最低限のテクニックは身につけていた。

自宅と正反対の方向に足を向けひとの多い通りに出る。わざとゆっくり歩き尾行者が油断するのを待つ。二車線の国道まで辿(たど)りつくと、具合のよいことに横断歩道の青信号が点滅し始めた。ぎりぎりまで待って横断歩道めがけダッシュする。美優が渡りきる前に信号が赤に変わる。

　これで大丈夫。絶対撒けた。荒い息を整える。と、急ブレーキの耳障りな音がし、思わず振り返る。からだを胎児のように丸めた瑠輝亜が、横断歩道に転がっていた。


「……散らかってるけど、いいかなぁ」

　美優は、なるたけ感情を抑えた声で言い、部屋のドアを開けた。

「構いません、ぜんぜん」

　瑠輝亜が弾んだ声を出す。あんたが構わなくてもあたしが構うんだっつの。美優は中途半端な笑みを浮かべ、瑠輝亜を部屋に通した。

　トラックが間一髪止まってくれたおかげで、瑠輝亜はかすり傷ひとつ負わなかった。

「バス、乗り遅れちゃって」

　反射的に駆け寄った美優を見上げ、瑠輝亜はえへへと決まり悪げに笑った。

「可愛いお部屋！　やっぱり美優たんはセンスいいですね」

　好奇心まるだしで瑠輝亜が部屋を舐めるように見ている。床に散らばった雑誌だの洋服だのをさりげなく足で隅に寄せながら、美優はダイニングの椅子を瑠輝亜に勧める。

「そんなことないよぉ。掃除とかしてないしー。とにかく座ってすわって」

瑠輝亜は素直に従った。

「瑠輝亜たん、お腹空いてない？」

問うと、こくんと頷いた。美優は冷凍庫から、いつだったか友人が置いていったパスタを取り出し電子レンジで温める。コップに水を注ぎ、パスタと一緒に瑠輝亜の前に置いた。

「いただきます」

手を合わせるやいなや、瑠輝亜が猛烈な勢いでパスタを平らげてゆく。ひょっとして何日も食べてなかったりして。サラダをつつきながら美優は瑠輝亜のほそっこい手首を見る。

「ねえ瑠輝亜たん。うち帰ってるって嘘でしょ。ずっとこっちにいるんでしょホントは」

瑠輝亜のつむじのあたりにことばを落とす。瑠輝亜はパスタを頬張ったまま、小さく頷いた。美優は、ほう、ため息をつく。

「学校は？　試験休みってのは」

「……嘘です」

「家のひとに連絡は」

瑠輝亜はこたえない。ただひたすらパスタを飲み込んでいる。

「瑠輝亜たん。大事なことだよ。だから教えて美優に」

重ねて尋ねると、消え入りそうな声で言う。

「……しました。最初の二日くらいは」

「え、え、じゃそのあとは？」

瑠輝亜はまたしても黙り込んでしまう。

まじかよ、やべえじゃん。美優は軽いパニックに襲われる。捜索願とか出てたらどーしよー。事件とか巻き込まれるのまじで困るんですけど。

「瑠輝亜たん、それってちょっとまずくない？」

「だいじょぶです。みんな心配してないと思います」

瑠輝亜がきっぱりと言う。

みんなじゃねぇよ、あたしが心配なんだよ！　叫び出したい気持ちをどうにか抑え込む。

「とにかく家に連絡しよ。ケータイは？」

「電池、切れちゃって」

「じゃあたしの貸したげる。食べ終わったらすぐかけようね」

美優のことばに瑠輝亜は素直に頷いた。

瑠輝亜がどんな話をスマホでしたのか、美優にはわからない。

「ベランダでかける」

瑠輝亜が言い張り、根負けした美優は瑠輝亜を外に出し、じぶんは部屋に残った。はんぶん開けた雨戸越しに漏れ聞こえる会話は、断片的で意味を成さない。

「ありがとうございました」

スマホを差し出す瑠輝亜に、勢い込んで聞く。

「ご家族はなんて?」

「今週はずっと美優たんちに泊まっていいって言われました!」

瑠輝亜は嬉しそうに報告した。美優は思わず耳を疑う。

「今週ずっと? しかもうちに?」

「はい。学校には上手く言っとくからって」

「上手くって、それ」

言いかけて美優は口を噤む。どっかおかしいんじゃないのこの子の家族。中学生の娘が学校にも行かず何日もよそに泊まるって、叱るでしょーフツー。それとも。美優のこころに疑念がわく。じつは家にかけてないとか? かけるふりして誤魔化した?

「どうしたの美優たん」

黙り込んでしまった美優を、瑠輝亜が心配そうに覗き込む。それにはこたえず、美優はスマホの履歴を呼び出した。知らない電話番号が一件。迷わず美優はその番号をタップする。

「み、美優たん」

戸惑う瑠輝亜を横目にスマホを耳にあてる。すぐに電話が繋(つな)がった。

「もしもし。そちら瑠輝亜さんの」

喋り始める美優を、ヒステリックな女の声が遮る。

「何度もかけて来ないでよ瑠輝亜！　いま健四郎(けんしろう)たちを寝かしつけてるとこなんだよ！」

どうやら瑠輝亜は本当に家にかけたらしい。だとすると声の主は瑠輝亜の母親だろうか。美優はこころを落ち着かせ、話をつづける。

「わたし大和美優といいます。東京の、瑠輝亜さんの友人ですが」

「あーそりゃどうも。瑠輝亜がお世話になります」

母親がぞんざいな口調でこたえた。むっとしながらも美優は言う。

「先ほど瑠輝亜さんから今週いっぱいうちに泊まっていいと言われたって聞いたんですけど」

「えーえーそーそーすいませんがよろしくおねがいしますねッ！」

よ！」

「金なら持たせてあるでしょ！　こっちはさ忙しいんだから、もうかけて来ないで

「いえ、でもそれは」

　ひと息で言い、がちゃん、母親が電話を切った。

　美優は暗くなってゆくスマホの画面を唖然として見つめる。

　なにあれ。まじでこの子の親？　心配どころか歓迎してるみたいな。帰って来なくてラッキーくらいな。

「……美優たん。美優たん！」

　名前を呼ばれて、ようやく我に返る。眼の前に座る瑠輝亜を見る。前かがみになった上半身。祈るように組まれた手。大きな瞳は瞬きひとつせずに、美優の顔を窺っている。

「……一緒にいてもいい？　美優たん」

　美優はみすぼらしいようすの瑠輝亜を見る。中二にしては小柄なからだ、折れそうに細い手首。血の気のない青いくちびる。昼間抱きしめたときの感覚もよみがえってくる。薄い胸と背中。背骨は飛び出し、一つひとつの骨が数えられるくらい肉がついていなかった。

「美優たん……」

今や瑠輝亜の声にはっきりと不安が混じっている。美優は、ふう、ため息をついた。仕方ない。ほんの数日のしんぼうだ。ましてやこの子はあたしの熱狂的ファンなんだし。

「いいよー。その代わり、日曜日にはちゃんと帰らなきゃだめだよぉ」

こたえると、瑠輝亜は歓声を上げ、美優に抱きついた。瑠輝亜のからだはやっぱりかなり臭かった。

そしてことば通り、瑠輝亜はつねに美優につきまとい、どこまでも一緒にいたがった。まるで深い森でようやく同類を見つけた野ねずみのように。


朝起きるとベッドの隣で、すやすや瑠輝亜が寝息を立てている。身支度をし、仕事に出かけようとすると当然のようにくっついてくる。

「瑠輝亜たん。仕事場にはちょっと」

美優がやんわり断ると、瑠輝亜は泣きそうな顔で言う。

「だって一緒にいていいって美優たんが」

追い返してもまたついてくるに違いない。美優は憂鬱な気分で同行を許す。

瑠輝亜をともなって〈ぐるフェス〉に行くと、根本が細い眼をひん剝（む）いて飛んできた。

「誰、その子⁉」

問い質(ただ)され、美優は苦しい嘘をつく。

「いとこです。両親が法事でアメリカ行っちゃって、その間だけうちで預かることになって」

根本は眉を顰(ひそ)め、舐めるように瑠輝亜の全身を眺めていたが、

「……まあそういうことなら。ところで美優、ちょっと話があるんだけど」

手招きをした。瑠輝亜を客席に向かわせ、美優は根本に向き直る。

「なんでしょうか」

「じつはさ、美優に写真集のオファーが来てるんだけど」

囁くように言う。写真集⁉ 美優のテンションが一気に跳ね上がる。

「え、まじで！ 嬉しい！」

「ただその……わりと露出度高めで」

視線を合わせないようにしながら根本が言う。

「え、それって……脱ぐってことですか？」

「そうね、そういうことだね」

「水着とか、あのセミヌードとか」

「や。先方さんからはヘアヌードでって言われてて」

「それってエロ本じゃないですか！」

怒りのため美優の頬が赤く染まる。

根本が「しィー」口もとに人差し指を立てる。

「でもぶっちゃけ悪い話じゃないと思うよ。脱いで再ブレイクしたコもたくさんいるわけだし」

「でも美優はずっと清純派アイドルだって」

「そりゃね、十代のころはね。でももう二十五だろ。いつまでもアイドルってのもちょっとねぇ」

美優はくちびるを噛む。根本の言うことはわかる。この業界で生き残りたいのなら、路線変更も考えなくちゃならないことも。でも。いきなりそんな。

「どうする？　先方さんからはなる早で決めろって言われてンだけど」

根本が靴の先っぽで小石を蹴った。

「……少し、考えさせてください」

小石のゆくえを見ながら、美優は沈んだ声でこたえた。

〈ぐるフェス〉のステージを終え、瑠輝亜をともなって自宅へと帰る。

「え、今日の仕事、これで終わりなんですか？」

小走りで美優のあとを追いながら、瑠輝亜が聞いた。美優は頬をひくつかせてこたえる。

「うん、今はあんまり忙しくない時期なんだー」

「そうなんだ。よかった」

「なにが？」

思わず尖った声が出る。

「だって美優たんと一緒にいられる時間が長くなるでしょ」

瑠輝亜は朗らかに言った。

下手な口笛を吹きながら、スキップする瑠輝亜をそっと見る。その表情にはいっぺんの翳りも疑いもない。

こーゆー子なんだ。美優はじぶんに言い聞かせる。たぶん悪気はぜんぜんなくて、ただたんに無神経というか、思ってることがそのままことばに出ちゃう子というか。

素直でかえっていい。美優は前向きに考えようと努力する。

美優の生きる世界は、見栄と嘘、虚勢と悪意にみちている。爽やかイケメン俳優がじつは暴力男であるように。瑠輝亜くらい素直でストレートなほうが気疲れしないかも。

だがしかし。ものには限度というものがある。

いつものようにサラダしかつつかない美優の隣で、

「美優たんて小食なんですねー」

瑠輝亜はドリアにハンバーグそしておにぎりを平らげ、デザートにクレープとアイスを二個、食した。

漂ってくる食べもののにおいに、美優の腹が鳴る。

「うん、まーね」

瑠輝亜の「食卓」から眼を背けこたえるのがせいいっぱいだった。

食べものから気を逸らそうと、テレビをつける。どうやらグルメ番組らしい。女性アイドルたちが一列に並び、はしゃぎながらラーメンを食べていた。

アイドルとラーメン。二重にイタい。あわててチャンネルを替えようとすると瑠輝亜が、

「美優たんももっとテレビとか出ればいいのにー」

直球、それも剛速球を投げてきた。

「そ、そだね。でも美優、さいきんライヴにちから入れてるからー」

かろうじて受けとめ、投げ返す。すると、

「でもライヴやりながらでも出られるでしょ。美優たん主演のドラマとか映画とか見たいなー」

さらに球速を上げた球が返ってきた。美優は黙ってテレビを消す。

「え、なんで消しちゃうの？」

「それよか瑠輝亜たんのコト話してよ。ガッコどんなとこ？　何人家族なの？」

とたん、それまで饒舌だった瑠輝亜が押し黙る。

「弟がいるんじゃない？　健四郎とかお母さんゆってたよぉ。お母さんどんなひと？　お父さんは？」

「べつにふつう。てゆうか美優たん、あたしの話聞いても面白くもなんともないよ」

瑠輝亜が表情の消えた声でこたえた。

下手なんだろうな、この子。

ドリアのふただのクレープのセロファンだのをまとめ始めた瑠輝亜を見ながら美優は思う。生きてくのが、きっとすごい下手くそで。家でも学校でも浮きまくってるんじゃないかな。

そう考えたら、じぶんの発した質問がとてもいじわるで残酷に思えた。なにかもっと明るい話をしよう。瑠輝亜が喜んで話してくれるような。瑠輝亜が喜ぶ。

「ねえ瑠輝亜たん。なんで美優のファンになってくれたの？」

つるりと出た美優のことばに、瑠輝亜が弾かれるように顔を上げた。

「あのあのあのね！　最初はドラマだったの、美優たんの出てる」

あたしの出たドラマ？　そんなんあったっけ？　美優が考え込んでいると、

「再放送だったんだけど、ほら、学園もので校長センセが妖怪だったっていう。あれに出てたでしょ、美優たん。転校生の役で」

瑠輝亜が焦れたように言う。

「あーあれかぁ」

美優はようやく思い出す。まだ十代のころに出たホラーっぽい学園ドラマ。ゲスト出演だったけど、けっこうおいしい役がもらえて、有頂天になったっけ。

「そのときの美優たんがすっごく可愛くて。それでネットとかでいろいろ調べ始めて。出した曲とかぜんぶ買ったし、画像落としたし、雑誌とかも集めたんだよー」

瑠輝亜が、ふンッ、得意げに小鼻をふくらませた。

「まじで。超うれしー」

美優が笑いかけると、瑠輝亜はさらに勢い込んで言う。

「そんでそんでこの間佐野に来てくれたでしょ。初めてホンモノの美優たん見て、もうなんてゆうかとにかくすごいすごいって思って。ずっと見てたいなって。そばにいたいなあって、美優たんの」

からだが小刻みに震えている。眼にはうっすら涙まで浮かんでいた。

憧れや賛美を超えて、瑠輝亜にとっての美優はすでに崇拝の対象であるらしかった。いかに美優が可愛くて綺麗で優しいか、かっこよくてスタイルばつぐんか、まるでなにかに取り憑かれたかのように瑠輝亜は喋りつづける。

最初のうちこそ純粋に喜んで聞いていた美優だったが、やがてだんだん醒めた眼で、興奮する瑠輝亜を見るようになっていく。

瑠輝亜の崇拝する「大和美優」は、作られたまさに偶像だ。

本当の美優は、瑠輝亜が思うような人間ではない。優しさも可愛さも、しょせん見せかけだけ。スタイルだって無理に無理を重ねてなんとか保っているにすぎない。

その証拠に。美優は冷え切ったこころで思う。仕事もファンもどんどん減りつづけ、ついにエロ本まがいの話まで舞い込むようになってしまった。

「そろそろ寝よっか」

喋りつづける瑠輝亜を唐突に遮り、美優は立ち上がる。

「え、でも」

戸惑う瑠輝亜に、美優は笑顔を向ける。

「明日も早いしー。ほら夜更かしはお肌の敵！　だよぉ」

瑠輝亜は納得したように大きく頷いて、「はい！」元気よくこたえた。

その夜、瑠輝亜が寝入ったのを確認してから、美優はするりとベッドを出る。足を忍ばせキッチンに向かい、収納棚を開ける。取り出した大量のスナック菓子を抱えて、美優はトイレに入る。

ばりん、ぼりぼり、ごくり。ばりん、ぼりぼり、ごくり。

トイレの白い壁を見つめながら美優はひたすら食べつづける。ただひたすら、食べつづける。

美優を女神のように崇める瑠輝亜との生活は、思っていた以上にストレスフルだった。

仕事場だけでなく自宅でも「大和美優」を演じなければならない。気の抜けない日々がつづく。瑠輝亜の素直すぎるもの言いも、美優を大いに疲弊させた。

「なんで新曲出さないの？」

「テレビに出ないと忘れられちゃうよ」

「今日はお客さん、少なかったねー」

黙らんかい！　なんどキレそうになったことだろう。だがそのたび美優は奥歯を噛みしめ、「そうだね」とにっこり微笑み返した。

あと二日。あと一日。

まるでじぶんの影のように、ひたり、どこまでもついてくる瑠輝亜をつねに意識しながら、美優は残りの日々を数える。

それは同時に根本から「早く決めてよ」、苛立った声で催促される毎日でもあった。美優はことばを濁し、回答を避けつづける。

そうして約束の日曜日。

〈ぐるフェス〉の握手会で、美優は、瑠輝亜の手を握りしめた。眼のなかを覗き込みながら言う。

「気をつけて帰ってね、瑠輝亜たん」

佐野行きのバスはすでに予約してあった。

瑠輝亜は大きな瞳を盛大に潤ませ、くちびるを震わせる。

「みみみ美優たん、あた、あたしあたし」

思わず「また来てね」と言いそうになるが、言ったが最後、瑠輝亜は嬉々（きき）として明日もあらわれるだろう。言質（げんち）をとられてはならない。美優は慎重にことばを選ぶ。

「家族のみなさんによろしくね」

「はい」

「もう二度と黙って出てきちゃだめだよ」

「はい」

「手紙、書いてね。返事かならず出すからね」

「はい。美優たん。あの、あたし、あたしね」

なんだ、なんと言うつもりだ？　美優は身構える。瑠輝亜はまっすぐに美優の眼を見つめ、

「……すごい楽しかった。嬉しかった。しあわせでした。ありがと、大好き、美優たん」

未練を断ち切るように、さっ、じぶんから手を離した。

振り返らずに駆けてゆく瑠輝亜の背中を、美優は万感の思いで見送る。

バイバイ瑠輝亜。ちょっと、いやかなりめんどくさい子だけど、うん、あんたいい子だよ。家でも学校でも、じぶんの居場所、見つかるといいね――

解放感と、一抹の淋しさと。正反対の気持ちを噛みしめながら、美優は小さく手を振った。

その日はめずらしく「美優センパイ明日オフ？　そしたら今夜飲みましょぉ」、事務所の後輩からLINEが来、女子ばかり数人で六本木に繰り出した。

モデルやタレントご用達のおしゃれなクラブで踊り、シャンパンを飲み、業界のうわさ話に花を咲かせる。きらきら輝く時間そして空間。一般人には無縁の華やかな世界。光のつぶのような一瞬いっしゅんを、美優は全身で味わう。

そう、あたしの属すべき世界は、ここ。シャンパンの酔いが美優の気分を押し上

げる。

　ふつうの女の子じゃない、ましてや主婦だのフリーターだのじゃない、あたしは「大和美優」。歌手でタレントのアイドル「大和美優」なんだから。

だったら。何本めかのシャンパンを開けながら美優は思う。脱いでもいーかもしんない。脱ぐことでこの世界に踏みとどまれるなら。特別な存在でいられるのなら。

　ハイな気分のままタクシーを拾い、深夜、美優は部屋に戻る。雨戸をはんぶん開け、電気を点けたところで、ぴんぽん、チャイムが鳴った。酔っていた美優は「はぁい」、確認もせずにドアを開ける。

「ただいまぁ」

　満面の笑みを浮かべた瑠輝亜が廊下に立っていた。

　え、これって幻覚？　そんなに飲んだっけあたし。

　美優は何度か大きく瞬きしてみる。だが瑠輝亜は消えなかった。消えないどころか、ぼう然と立ちつくす美優の横をすり抜けてさっさと靴を脱ぎ、リビングに向かって歩いてゆく。テレビをつけ「あーお腹空いたぁ」、ぱこり、コンビニ弁当のふたを取った。唐揚げのにおいが漂って来、ようやく美優に現実感が戻ってくる。

「あ、あんた帰ったんじゃ」

「帰りました」

「じゃなんでここに」

「最終の上りで来ました」

瑠輝亜が唐揚げを口に放り込んだ。咀嚼する瑠輝亜を美優は声もなく見つめる。唐揚げを飲み込んだ瑠輝亜は、

「家族にはちゃんと『美優たんがよろしくって』って伝えたし、『美優たんとこ行ってくる』って言いました。それから、はい」くまのキャラが描かれた封筒をテーブルに置き「手紙、書いて来ました。約束通り」にっこりと笑った。

「書いて」ではなく「送って」と言えばよかった！　美優は、ぺたり、その場に座り込む。

「というわけで美優たん、またよろしくお願いします」

瑠輝亜が深ぶかと頭を下げる。

「あのねぇあんたねぇ」

口を開いたとたん、テレビから懐かしい曲が流れて来、美優もそして瑠輝亜も思わずそちらを見る。

チェック柄のミニスカートにニーハイの紺ソックスを身に着けた五人の女の子が、アップテンポの曲に合わせ、踊りながら歌っている。かつて美優が所属していたアイドルグループ、そのいちばん売れていたころの映像だった。

「美優たん！　これ美優たんだよね⁉」

センターの右隣を指して瑠輝亜が叫ぶ。

「そうそう。うわ懐かしー」

叱ることを忘れ、美優も映像に見入る。

「すっごい可愛い！　これ何年前？」

「えーと……これは八年前、だからあたしが十七のときだ」

「この髪型すごい似合ってる。やばい、まじ可愛い！」

瑠輝亜が食い入るように画面を見つめている。美優も歌い踊る八年前のじぶんを見る。

長い髪をツインテールにし、前髪は作らず横に流している。桃色の頰は、今よりだいぶふっくらしていた。ダンスのキレ、弾けんばかりの笑顔。若さが奔流となってほとばしる。

と、とつぜん画面が切り替わり、スタジオが映し出された。半円のテーブルに数人の出演者。まんなかに座る女性を見て、美優は思わず息を呑む。

センターの子だった。演技派若手女優として活躍する元同僚の小岩井あすか。つづけて画面右上の派手なテロップに目を留め、美優はからだじゅうから一気に血が抜けていくような感覚を味わう。テロップには華やかな書体で「祝・十周年！　小

岩井あすか　秘蔵映像一挙公開！」と描かれてあった。

そう十年。デビューしてからちょうど十年だ、あの子もあたしも。そしてあの子は特別番組を組まれ、一方のあたしは。

司会らしき芸人があすかに話しかける。

「このときのグループでまだタレント活動とかしてる子、おるん？」

「いますよぉ。三人は引退しちゃったけど」

「誰だれ？」

「えーと大和美優ちゃん」

「あーあのツインテールの」芸人がおおげさにのけぞる。「懐っつかしー。おれ、ファンやったファンやった」

「まだアイドル活動してるんじゃないかな、美優は」

あすかが人差し指を頰にあてる。

「あまり見ィひんけどなぁ」

「ですねー」

「ほな美優ちゃんにひと言」

あすかのアップに切り替わる。

「美優ーげんきー？　がんばってね、応援してるよぉ」

カメラ目線で微笑みながら、胸の前で小さく手を振った。

「とゆーわけで、つぎはあすかちゃん初主演ドラマ『半熟たまご』のォ」

芸人が身振りを交え、司会をつづける。だが美優の耳に眼に、なにも聞こえない映らない。

「美優たん、美優たんてば！」

瑠輝亜に肩を揺すられ、ようやく音と風景が戻って来る。

「いいひとだねぇ、あのひと。わざわざテレビでメッセージ送ってくれて」

瑠輝亜の瞳がきらきら輝いている。美優はそんな瑠輝亜から眼を逸らす。

「美優たんもがんばんなきゃね。テレビとか映画とかさ、ばんばん出て、むかしみたいにおっきいトコでライヴして」

「……ぜえよ」

憑かれたように話しつづける瑠輝亜に美優はつぶやく。

「え？　なに？」

「だからうぜえんだよ、おめーはよ！」

無邪気に聞き返す瑠輝亜に向かい、大声で怒鳴った。

「なんだよ勝手にやってきて勝手に住みついて！　あたしがどんだけ迷惑してんのかわかんねぇのかよ！　うぜえし邪魔だし無神経だし！　まじで嫌！　てかＫＹ？

KYだよねまじで！」

ぽかんと口を開けたまま、瑠輝亜は美優を見つめている。その無防備な顔が、よりいっそう美優を苛立たせる。美優は立ち上がり、玄関を指さした。

「……出てけよ」

「……え」

「出てけ！　いますぐに！」

瑠輝亜の細いからだが、ぐらり、揺れる。なにか言おうとして口を開き——だが結局、それはことばにはならない。

瑠輝亜が立ち上がる。機械人形のような動きで玄関に向かう。三和土に転がるスニーカーに足を突っ込み、鍵を開け——そして、夜の闇に、消えた。

翌日一日美優は部屋の隅に蹲り、ただひたすら震えつづけた。

今まで感じたことがないほどのひどい不安と焦り、そして後悔。それらはやがて絶望感へと変わり、美優のこころを激しく苛む。

食べた。吐いた。それでも絶望感は消えてくれなかった。

髪を掻きむしり、美優は泣こうとした。叫ぼうとした。けれど涙も叫びも出てこなかった。本当に辛いときって。美優は蹲ったまま考える。涙すら出ないものなんだ。

午後から降り出した雨が、夜になりますます強く激しくなってゆく。

雨戸を閉めなくちゃ。アマドヲシメナクチャ。

美優はよろめきながら立ち上がり、なかば無意識に半分開けたままの窓へと向かう。閉めようと雨戸に手をかけたところで、ふと外を見、美優の動きが止まる。

向かいに立つマンション。その鉄柵の前になにかグレーの物体が置いてある。

最初ごみかと思った。誰かがごみ袋を勝手に捨てて行ったのかと。そのごみがひょいと動き、グレーのパーカーをかぶった瑠輝亜の顔があらわれた。

美優と瑠輝亜の眼が合う。瑠輝亜は決まり悪げにへらりと笑い、それから「ご・め・ん・ね」一音いちおんを声を出さずにゆっくり言って、美優に背を向け歩き出した。

そのあと、どこをどう走って瑠輝亜に追いついたのか、美優には思い出せない。

気づくと部屋で瑠輝亜と向き合い、座っていた。瑠輝亜と美優のからだから滴りおちる水滴が、モスグリーンのラグに丸いしみを作る。

「ごめんね」

広がるしみを見つめ、瑠輝亜が再度つぶやいた。

「美優たんにそんなに迷惑かけてるって、あたし全然気づいてなくて。……ごめん、なさい」

どうこたえたらよいかわからず、黙りこくったまま美優もしみのゆくえを追う。

「……あたし、いつもこんなで。家でも学校でも『うざい、キモい』って言われて。あたしはふつうにしてるつもりなんだけど、あたしの『ふつう』はみんなの『ふつう』と違うみたいで」

瑠輝亜のことばに美優は小さく頷く。そうだろうなと、美優自身感じていたからだ。

「大好きな美優たんにもそう思われてたんだってわかったら……やっぱしかなり落ち込んじゃって」

「あたしのほうこそごめん」

切り出した声はかすれて割れて、まるでじぶんの声じゃないみたいだと美優は思う。

「……騙(だま)してた、瑠輝亜たんのこと。ほんとはこんな嫌なやつなのに、かわいこぶっていいひとのふりして。……でももうだめだね。化けの皮、剝(は)がれたね。だからさ、もう……嫌いになっていいよ。忘れてくれていいよ」

「忘れないよ！」

瑠輝亜の大声に、美優はびくり、からだを震わせる。ぽたり。瑠輝亜の頰を伝った水滴がテーブルに落ちる。ぽた、ぽたり。水滴が増えてゆく。

「そんな価値のある人間じゃないよ、あたし」

俯いたまま美優は言った。

「昨日のテレビでわかる通り、カンペキ落ち目のアイドル。てかもうアイドルでもないかも。アイドルって名乗る資格、ないかも」

雨が窓を叩く音だけが、夜に響く。沈黙がふたりの間に降りてくる。重い、硬い、沈黙。

やがて瑠輝亜が聞いた。

「……辞めちゃうの？　アイドル」

アイドルを辞める。そのことばを美優は頭のなかで転がす。それはすなわち写真集の話を受けるということだ。アイドルを辞めても、セクシー路線で売っていけば、まだじぶんにも価値があるかもしれない。芸能界のすみっこで生きていけるかもしれない。

でもそれってじぶんの目指した場所だろうか。そもそもなんであたしはアイドルになりたかったんだっけ――

美優は眼を瞑ったまま自問自答を繰り返す。と、がたり、大きな音がし、美優は閉じていた眼を開ける。

瑠輝亜が倒れていた。あわてて立ち上がり「どうしたの⁉」、抱き起こしながら尋ねる。濡れた瑠輝亜のからだの熱さに美優は驚く。

「……めまいがして」

荒い呼吸。美優は体温計を抽斗から取り出し、瑠輝亜の脇に挟んだ。三十九度二分。雨のなか待ちつづけたせいに違いない。あたしの責任だ。美優はくちびるを噛む。とにかく温めて寝かせて、水と薬。あとは――

「瑠輝亜、食べたいものない？」

瑠輝亜が弱々しく首を振った。美優はいま部屋にある食べものを思い浮かべる。どれもこれも、風邪をひいた子に食べさせるような代物ではなかった。なにか作らないと。栄養があって消化のよいものを、なにか。

おじや！　美優は思いつく。そうだよ、風邪のときはおじやだよ！

「ちょっと待ってて！」

叫び、さいふを掴んで美優は部屋を飛び出す。

向かった先はいつものコンビニで、でも今日は惣菜や菓子の棚を突っ切り、生鮮食品コーナーを目指す。

おじやだからまずご飯でしょ、あとはお肉でしょ。カゴに真空パックの白飯と鶏肉を入れる。それと野菜。美優は乏しい品揃えの野菜売り場を見渡す。大根には確かビタミンCがあったはず。あ、レタスにも入ってたんじゃないっけ。人参と玉ねぎもなんかよさげ。ごぼうにさといも……えぇい面倒だ！　あるだけ買ってしまえ！

重たくたわんだカゴを、美優は両腕で抱えるようにしてレジへと運ぶ。

買い込んだ材料をキッチンに並べ、美優は途方に暮れる。買ったはいいけど、どーすんだこれ。

「ごほっごほっ」

寝室から瑠輝亜の苦しげな咳が聞こえる。とにかく煮よう！　煮ればたいていのものは食べられるって前にどっかで聞いた！

美優は珐瑯の小鍋を取り出し、水を入れてコンロにかける。果物ナイフで苦労して鶏肉を切り、大根の皮を剝く。切れたものから次つぎ鍋に投入する。人参、レタス、玉ねぎにじゃがいも。困ったのはごぼうとさといもで、外側の黒いごわごわをどうやって処理すればよいか、美優にはわからない。とりあえず水で洗ってみるが、ごぼうは黒いままだし、さといもは相変わらず剛毛に包まれている。

細かく刻もう。刻んじゃえばきっと気にならないはず。まずごぼうを、ついでさといもを美優は刻む。さといものぬめりに手が滑り、三か所、切り傷を負った。

野菜を入れ終え、パックの白飯を放り込む。ご飯のおかげで小鍋のなかにおじやらしきものが出現した。よかった、どうやらできたみたいだ。ほっとひと息ついた瞬間、美優は重大なことに気づく。

味付け！　おじやってどうやって味を付けるんだろう⁉

美優は冷蔵庫を開け、なにか使えるものはないか捜索を開始する。出てきたのはウスターソースと和風ドレッシング、それだけ。ここで選択肢は四つとなった。
①ウスターソースを入れる
②和風ドレッシングを入れる
③ウスターソースと和風ドレッシングを入れる
④なにも入れない
迷ったすえ美優は「③ウスターソースと和風ドレッシングを入れる」を選んだ。

できあがったおじや（らしきもの）を、小鍋ごと寝室に運び、積み上げた雑誌をテーブル代わりにして瑠輝亜のそばに置く。枕を背中にあてて上半身を起こした瑠輝亜の手に、おじやを入れたボウルとスプーンを持たせる。

「なあにこれ」

不安そうに瑠輝亜が聞く。

「いいから食べて。あたしの手作りだよ」

ことさら明るく、言い、言ったとたんにじぶんで驚く。手作り料理！　もしかして生まれて初めてかも！

美優の動揺をよそに、瑠輝亜は神妙な顔つきでおじやをひとさじ、掬った。まっすぐ口に運ぶ。

「……どう？」

口を動かす瑠輝亜に、美優は恐るおそる尋ねた。瑠輝亜は難しい顔をして咀嚼し、やがて飲み込んだ。

「ね、どうだった？」

瑠輝亜が美優のほうへゆっくりと向き直る。

「……不思議な味だった」

「不思議？　おいしい、まずいじゃなくて？」

「美優たんも食べてみたら」

瑠輝亜が勧める。

え、これを？　製作過程を知っているだけに、美優は煩悶する。だがこの状況で断れるわけがない。

「いただきます」

小鍋から直接おじやをスプーンで掬い上げ、口に入れる。

たしかになんともいえない不思議な味だった。

鶏や野菜の出汁に、ウスターソース独特の酸味やスパイスがほどよく利いている。醤油ベースの和風ドレッシングが隠し味的な役割を果たしており、単純にまずいとは言いきれない味になっていた。ではおいしいのかと聞かれれば、首を振るしかないだろう。

「……たしかに不思議だわ、これ」

つくづくと小鍋を覗き込んで美優はつぶやく。

「ところでこれ、なんていう料理？　おじや？　雑炊？　それともどっかの郷土料理？」

正面切って尋ねられ、美優は返答に窮する。おじや、とは言えまい。雑炊でもましてや郷土料理でも、ない。あえて名づけるとすればこれは――

「美優たんとおじや」

「……なるほどぉ」つぶやきながら瑠輝亜はひとさじ掬い、「たしかにミュータントなおじやだね」生真面目な顔で頷いた。

そっかミュータントか。おじやの突然変異体。美優は深く納得し、もうひとさじ、スプーンで掬った。久しぶりに口にする米の味が懐かしかった。

「おかわり」

瑠輝亜がボウルを差し出した。

「え、まじで」

「美優たんが作ってくれたおじやを、美優たんと一緒に食べられるの、すっごい嬉しい。ひとりで食べるコンビニ弁当よか、ずっといい。お腹がぽかぽかしてくる」瑠輝亜が笑顔で言う。その笑顔が、ライヴで美優に向けてくれる瑠輝亜の笑顔に重なる。

そっか。美優は気づく。

料理を作るのって歌や踊りと同じ、ひとをしあわせにする「ちから」なんだ。誰かに笑顔を届ける、たいせつな仕事なんだ。それってきっとアイドルと同じで。そもそもあたしがアイドルを目指したのも、みんなに笑顔になってもらいたくて。

でも。あたしにその「ちから」は残っているのだろうか。

誰かを笑顔にする、その「ちから」が、いまのあたしに。

「……辞めてもいいよ、アイドル」

まるで美優のこころを見透かしたように、ぽつり、瑠輝亜が言った。

「え」

思わず美優は驚きの声を上げる。だが、つづく瑠輝亜のことばに美優はさらに驚く。

「そしたらあたしもファン辞める。そんで友だちとして美優たんのそばにいる。ずっと、ずーーっと」

「え、そばにいるって、まさかここに住みつく気じゃ」

反射的に聞くと、瑠輝亜はあわてて手を振った。

「違うちがう。気持ちは、ってこと。遠くにいてもずっと美優たんを見てる。感じてる。想ってるってこと」

瑠輝亜がまっすぐに美優の眼を見る。美優はその視線を受けとめる。

「あたし忘れないよ。辛いとき悲しいとき、美優たんの歌で元気、もらったこと。美優たんの笑顔見て『もうちょっとがんばろう』って思ったこと。お喋りして握手して……おじや作ってくれて一緒に食べたこと……忘れない、あたしは一生」

「……まじで？」

「まじで」

「なんでそこまで……」

「だって世界でいちばん好きなんだもん、美優たんのことが」

瑠輝亜が晴ればれとした顔で言いきった。

ひとかけらの迷いもないそのことばが、美優のこころを優しく照らす。光となり熱となって美優を包んでゆく。

あたし、やっぱりこの仕事が好きだ。

歌って踊って笑顔を振りまいて、それを見て笑顔になってくれるひとがいる。ほんのひと握りかもしれないけれど、でも、確かにいてくれる——

美優はおじやごと瑠輝亜のからだをぎゅっと抱きしめた。

「……バカじゃないの、あんた」

はんぶん泣いてはんぶん笑ったような声が出た。

「……うん。よく言われる」

こたえた瑠輝亜の声も、はんぶん泣いてはんぶん笑ったように、聞こえた。


「みなたーん！　こんにちはぁ！」

「こんにちはー」

「美優たんでぇえす！」

美優の挨拶に、返してくれるファンは今日も少ない。

〈ぐるフェス〉の「美優たんと♡ライヴ」も残すところあと数日。この仕事が終わったらしばらくオフがつづく。そのあと決まっているのは地方都市での営業とローカル局のラジオ出演だけだ。

永遠のオフを言い渡される日も近いかもしれないな。

はんぶんほどしか埋まっていない客席を見渡し、美優は思う。写真集の話は断っちゃったし、来年には二十六だし。

「お願いおむらいす」の伴奏が始まった。美優はマイクを強く握りしめ、そして歌い出す。

「お願いおねがいおむらいす、届けてとどいてこの想いー」

それでも、そう、届けなくちゃ。ひとりでもファンがいるかぎり。ひとりでもあたしを必要としてくれるひとがいるかぎり。あたしの歌を踊りを笑顔を。

美優は歌いながら天を仰ぐ。青く澄みわたり、どこまでもつづいてゆく、空。

この空の下に、あの子もいる。

不器用で生真面目でKYで迷子の野ねずみのようなあの子も、じぶんの場所できっと一所懸命踏ん張っていることだろう。あたしの歌を聞きながら。あたしの笑顔を想いながら。

ぷぅん。肉の焦げるこうばしいにおいがステージまで漂ってくる。

たまにはここで食べて帰ろうかな。それともミュータントおじやに再挑戦してみようか。今度こそあの子に「おいしい」って言ってもらえるように——

「美優たーん！」

客席から声援が飛んだ。美優は大きく手を振った。

ここにいるよ。

あたしはずっと、ここにいるからね。

フチモチの唄

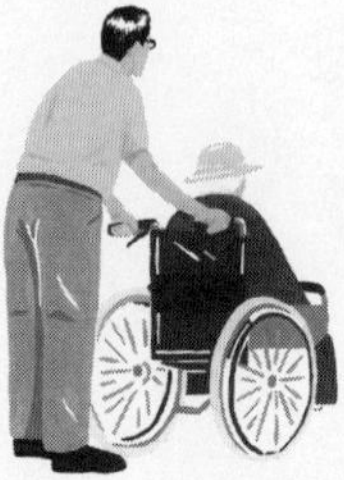

大地を抉るように大つぶの雨が天から降ってくる。雨を受けた天幕はどんどん重くなり、それにつれて天幕を支えるポールはしなり、たわんでゆく。なんとか倒壊を防ごうと中村浩は全身でポールにしがみつくが、ポールが倒れたらおしまいだ。厚い雲と降りしきる雨で、外は夜のように暗い。雨の重みは増すばかりで、ポールを押し戻すことができない。雨音に混じり、出店する屋台のひとびとの交わす大声だけが耳に響いてくる。

こんなことがずいぶん前にもあったなあ。あれはいつだっけ。どこでのことだったっけか。

全身びしょ濡れになりながら、浩は頭の隅で考える。

雨の勢いが増した。天幕が傾き、浩の支えるポールがさらにしなる。両足を広げ必死に踏ん張るが、濡れた地面はずるずる滑るばかりで、浩は膝が地面につくほど押し込まれてしまう。

天幕のなかの客が騒ぎ出した。浩は眼だけを動かしてなかを見やる。高齢の男性が女性の手を摑み、ほかの客にぶちあたりながらテントの中心に向かって駆けてゆくのが見えた。その後ろを女性がもうひとり、あわてたように追いかけてゆく。騒ぎはどうやら男性に突き飛ばされた客の悲鳴や怒声らしかった。騒ぎに怯えたのか、子どもが泣き出した。

土曜の昼ということもあって、幼い子ども連れの家族も多い。伝染したかのようにあちこちで泣き声が上がる。親たちはみな必死で子どもを宥め、あやしている。両腕で子を胸に抱きしめる若い母親。スマホを使って気を逸らそうとする父親。どの顔も不安げに歪み、青ざめていた。

なんとかしなくては。浩は焦る。これ以上お客さんたちに怖い思いをさせてはならない。

意識が一瞬逸れた。その隙を突くように、雨水が一気に浩の支えるポール付近に流れ込んで来、さらに重みが増す。もはや足だけでは支えられない。浩は両膝を地面につき、全体重をかけてポールを支える。からだじゅうの関節が悲鳴を上げた。痛みと、叩きつける雨のせいで意識がもうろうとしてくる。

もうだめだ。

そう思った瞬間、ふっとからだが軽くなった。あわてて周囲を見回す。同じ清掃チームの浜口太一が、浩の横に立ち、ポールを摑んでいた。

「浜口くん」

驚いて声をかける。

「なにやってんですか、もう」

こちらを見向きもせず、太一がこたえる。

太一が加わったおかげで、しなっていたポールをかなり高い位置まで押し戻すことができた。

ざざあ。天幕に溜まった水が、音を立てて地面に流れ落ちてゆく。さっきまでの重さが嘘のように消えてゆき、ほぅう、浩は思わず安堵の吐息をついた。

こころなしか雨脚も少し弱まってきたようだ。余裕のできた浩は、あらためて外のようすを窺った。

目の前のラーメン屋台では、ひぐまのごとき大男が細身の若い男性を叱咤しながら、食材や食器を片付けている。先ほどまでアイドルの女の子が歌っていたステージは無人で、幟や看板が雨に打たれ、むなしく濡れそぼっていた。雨水を盛大に撥ね散らかしながら本部に向かって出店者たちが駆けて行く。なかに、兜をかぶった青い作務衣の男性と、坊主頭に鉢巻きすがたの男性が見えた。午前中、大喧嘩をしていたほうとう屋とうどん屋のふたりに違いない。

とつぜんの大雨に右往左往するひとびとを見ているうちに、浩の記憶の扉がゆっくりと開いてゆく。

そうだ、この光景は幼いころ見た奄美大島での一日に似ているんだ。

夏休み、母に連れられて妹と三人、母の実家である奄美大島に里帰りしたとき、大きな台風が島を直撃して、叔父や叔母、年嵩の従兄たちが総出で古い木造の家屋や庭にあった豚小屋を支えていたっけ。

屋根を叩く強い雨音や、がたがた揺れる梁が恐ろしくて、浩と妹が泣きべそをかいていると、

「だいじょぶさぁ」

「なんも心配いらないさ」

みな口々に励ましてくれたものだ。

それでもなお不安で震えているふたりを、母は両腕で抱え込むように抱きしめてくれた。そう、今テントのなかにいるあの若いお母さんのように。そうして歌を歌ってくれたっけ。あれはなんていう歌だったろう——

浩が記憶を辿っているうちに、だんだん雨は小降りになって行った。同時に子どもたちの泣き声も収まって来る。

飲食ブースの責任者である設備部のスタッフが駆け寄って来た。

「お疲れさまでした。もう大丈夫ですから」

浩ははっと我に返る。

「本部に戻りましょうか、中村さん」

太一に言われ、浩は痛む肩を擦りながら頷いた。雨がまばらに降るなかを、太一と並んで歩き出す。

太一は「ロックン・ラッシュ」の正社員だ。とはいえこの会場にやって来たのは今日が初めて。どうやら仕事の内容を事前に知らされていなかったらしく、その鬱憤のせいだろうか、プロのギタリストの前でギターを弾く真似をしてみせるという揉めごとを起こしてしまった。いくら初日とはいえ、正社員としてあれはまずかったと浩も思う。

案の定、上司に叱り飛ばされた太一は「辞めます」と言い出した。その気持ちの昂りがあってか、太一は浩に絡み始めたのだ。

太一の抱える事情は浩にはわからない。なにをこの若者が背負っているのか、それもわからない。ただ、あれだけのことをしでかすからには、よほど大きなストレスを感じているのだろうとは思う。

一途で不器用な太一を見ていると、なぜか浩は放っておけない気持ちになった。

無駄かもしれない、余計なお節介かもしれない。

そうは思ったが、浩がこれまでの会社人生で得た教訓、というより実感めいたものを、正直に太一に伝えたのだった。

浩は隣を歩く太一の横顔をそっと窺う。だが太一の表情からはなにも読み取れなかった。

浩が働いているのは〈ぐるめフェスタ〉、通称〈ぐるフェス〉という、春と秋、年に二回開かれている野外での食の祭典だ。ここで働くのは今回の秋の〈ぐるフェス〉で二度め。前回と同じく、会場の清掃を担当する清掃管理部に所属している。とはいえ浩は「ロックン・ラッシュ」の社員ではなく、一介のアルバイトにすぎない。

今年五十八歳になった浩は、一年前まで中堅の家電メーカーに経理部の正社員として勤めていた。都内の高校を出、新卒として採用されてからほぼ四十年、経理部のある新橋の本社に通いつづけてきた浩が、突然の早期退職勧告を受けたのは、ちょうど去年の今ごろ、九月末のことだった。

浩が途方に暮れたのは言うまでもない。

家には専業主婦である妻、康子と、大学受験を控えたひとり娘の若菜、そして三年前に引き取った高齢の母親キクがいる。いくらまとまった額の退職金をもらったとはいえ、浩が働かねば近い将来、家計が立ち行かなくなるのは目に見えている。

少しでも条件のいいうちにと、すぐに浩は再就職先を探し始めた。けれども経理ひとすじだった経験がかえって仇（あだ）となり、さらには浩の不得手なIT化の進んだ今の時代にあっては就職活動もままならず、いくら応募しても不採用通知が届くだけの毎日だった。

さらに追い打ちをかけるように家庭内でさまざまな問題が持ちあがり始めた。それらに対処するため、いったん浩は再就職を諦め――この〈ぐるフェス〉を始め、いくつかのアルバイトを転々としながら当面の生活費を稼ぐことになったのだった。

夜の七時半、浩は両手に重いレジ袋を提げて自宅マンションの階段を上っていた。浩の家は東京の西のはずれ、ニュータウンと呼ばれる古い団地の立ち並ぶ一画にある。

二十五年前、康子との結婚を機に三十年ローンを組んで買った分譲型の中古マンションだ。建てられたのは一九七八年だからほぼ築四十年、浩の家はその五階建ての三階にある。

3DK南向きと、広さ、日当たりは申し分ないのだが、いかんせん旧住宅公団の建てた古いマンションなので、エレベーターがない。買った当時は気にもしていなかったが、歳を重ねるうち、だんだん階段の上り下りが億劫（おっくう）になってきた。

それでもまだ月々十万以上ローンは残っている。人生設計の狂った今、そのローンもまた、浩の肩に重くのしかかっていた。

自宅ドアの前に着いた浩は、大きくひとつ息を吐いて呼吸を整える。

「ただいま。頼まれていたもの、買ってきたよ」

声をかけながらドアを開け、玄関に入った。短い廊下の左手、台所から、換気扇の回る音とともに醤油（しょうゆ）の甘辛い匂いが漂って来る。レジ袋を置くため、浩は開けっ放しのドアをくぐり、台所に入る。シンクの前で、湯気の上がる青菜をザルで水切りしていた康子が振り向いた。

「おかえりなさい。ありがとう」

こころなしか顔がくすんで見える。眼（め）の下にはうっすら隈（くま）が浮いていた。

康子は今五十二歳。まだまだ若いのだが、ここ一、二年、原因不明のめまいや頭痛、倦怠感（けんたいかん）を訴え、ベッドで横になることが増えた。医者の診断は「更年期障害」。ストレスを減らし、じゅうぶん休養を取るよう勧められている。

「代わろうか」

レジ袋を床に置いて浩は尋ねる。だが康子は首を振った。

「大丈夫。あとこれと味噌汁（みそしる）だけだから」

「そうか。無理するなよ」

康子は頷くと、青菜をザルから取り上げ、片手でぎゅっと水を絞った。

「若菜は？　母さんは？」

「若菜は予備校。お母さんは部屋」

康子の返事に浩は頷く。

都立高に通う若菜は私大理系を目指して勉強に励んでいる。志望校はかなりレベルの高い大学で、一学期に受けた模試ではD判定だったが、夏休みにがんばったおかげかここ最近はC、もしくはBまで上がってきた。進路指導の教師からは「もう少しで合格圏内」と言われているようだ。

レジ袋の中身を冷蔵庫に移した浩は「ちょっと母さんのようす見てくるよ」と告げて台所を出、右手奥にある母の部屋のドアをノックした。

返事はない。ドアの向こうからは、テレビから流れる賑(にぎ)やかな喋(しゃべ)り声や笑い声が響いてくるだけだ。浩はノブに手を回し、ドアを開ける。

「母さん、ただいま」

ちょうどドアと対角にあたるところにテレビが置いてある。テレビの前には布団を取ったこたつ。そのこたつの後ろに置いた座椅子に、背を丸め、足を投げ出して母が座っていた。浩の声が聞こえなかったかのように、母が振り向くことはなかった。

窓は開いているものの、ドアを閉めていたせいか部屋は蒸し暑い。エアコンは設置してあるのだが、もともと冷房嫌いの母は頑として使わない。せめて風が通るようドアを開けっ放しにしてから、浩はあらためて母の横顔を見つめる。

かつてふっくらしていた頬は今やげっそりと痩せこけ、刻まれた皺（しわ）が顔に深い陰を落としている。骨張った背中。薄い木綿のワンピースから伸びる腕や足は細く青白く筋張っていた。

毎日眼にし、もはや見慣れたはずなのに、母の老いを間近で感じるたび、みぞおちの奥を目の粗いやすりで擦（こす）られたような痛みを浩は感じる。

浩は母の視界に入るよう、こたつの斜め向かいに座った。

「どうだった、今日は」

テレビの音に負けまいと声を張り上げる。母がぼんやりとした視線を浩に向ける。

薄い膜がかかったような眼球。表情のない瞳（ひとみ）はまるでガラス玉のようだ。

「特に変わったことはない？」

重ねて問うと、ようやくゆっくりと首を折った。

母のキクは奄美大島は名瀬（なぜ）の生まれだ。名瀬で育ち、職を探すため上京するまでの二十三年間をその地で過ごした。実家は貧しく、中学を出たあとは奄美特産の紬（つむぎ）織り工場で、織り子として働いていたと聞いている。

東京に出て、町工場で働いているときに同じ職場にいた父と知り合い、所帯を持つ。家は下町の、古い小さな借家。その家で浩と四歳下の妹、恵子は育った。家計は決して楽ではなく、家事のあいまに、せっせと封筒の糊付けや造花づくりといった内職に励む母のすがたを、今でも浩は鮮明に覚えている。そんな余裕のない生活のなかでも、母は明るくたくましく、いつも笑みを絶やさなかった。何度母の笑顔に浩は助けられてきたことだろう。

父が病に倒れ、とつぜん亡くなったのは、今から八年前。父七十八歳、母七十五歳のときだった。

父亡きあとも、母はひとりで家に住みつづけていたが、三年前、小火を起こしてしまう。さいわい大事には至らなかったが、

「これ以上、母にひとり暮らしはさせられない」

そう感じた浩は「まだひとりで大丈夫」と言い張る母を、なかば強引に自宅に引き取った。当時はまだ正社員として働いていたし、妻の康子もパート勤めをするくらい元気に過ごしており、母との同居はなんら問題がないように思えた。

だが現実は――浩の想像をはるかに超え、思いもよらぬ方向へと転がって行ってしまう。

「ご飯、できました」

開け放したドアから、康子の声が響いてくる。

「母さん、夕飯だって」

耳もとで同じことばを二回繰り返してやっと、母は座椅子からゆっくり立ち上がる。背中を伸ばそうとして顔を顰め、右手で腰を擦った。

「痛いの？　腰？」

尋ねると、小さく頷いた。

腰痛か。近いうちに医者に連れてったほうがよさそうだな。浩は母の空いているほうの腕を取り、ダイニングに連れて行く。

テーブルには、刺身の盛られた皿と青菜の煮びたし、かぼちゃの煮つけの入った小鉢が並んでいる。歯の弱った母のために、康子は刺身もかぼちゃも小さめにカットしてくれている。

両手を合わせてから、浩は箸を手に、まず味噌汁を啜った。食べ進めながら、母のようすを窺う。

しばらく無表情で食卓を眺めていた母は、震える手で箸を持つと、かぼちゃを取り上げ、口に含んだ。歯茎で押しつぶすようにしてゆっくりと咀嚼を始める。かぼちゃのあとは青菜。それから豆腐とわかめの味噌汁をひと口飲む。そこで母の箸が止まる。見かねて、

「母さん、刺身も食べなよ。好きだったじゃない」

浩は声をかける。だが母が刺身に箸を伸ばす気配はない。食卓についたときと同様無言で立ち上がると、緩慢な動きで自室に戻って行った。

母の前に置かれた刺身の表面が乾き、光を失ってゆく。その皿を、康子がじっと見つめている。

「……ごめんな」

浩はじぶんの皿に目を落とす。康子が小さくかぶりを振る。

浩はため息をつく。この家に来た三年前は、母もこんなふうではなかった。明るくておおらか、冗談をよく口にしては康子や若菜を笑わせていた。パートやPTA活動で忙しい康子に代わり、家事を率先して担ってくれもした。そのすがたは、浩のよく知っている母そのものだった。

その母が変わり出したのは、引き取って一年ほど過ぎたあたりだろうか。物忘れがひどくなった。からだを動かすことが減り、自室にこもってじっとテレビを眺めている時間が増えた。口数も少なくなったけれども、反対にたまに喋り出すと延々と同じ話を繰り返す。トイレに間に合わず、部屋や廊下を汚してしまう日すら出て来た。

そしていわゆる「徘徊（はいかい）」が始まった。

浩の住むニュータウンは、同じ規格のマンションがどこまでも立ち並ぶ一帯だ。

健常な人間でも慣れていないひとは迷いやすい。ましてや高齢で、もともとこの町に馴染みのない母にとって、同じような風景が広がるニュータウンは、まるで巨大な迷路のように映ったことだろう。ふらりと家を出ては迷子になり、近所のひとや、時には警察の厄介になることすら出てきた。

そんな母を気遣い、康子はパートを減らし、介護にちからをそそぐようになった。だが元来真面目でがんばりすぎる性格が祟ったのか、やがて康子は頻繁に体調を崩すようになっていく。医者の言うように更年期障害もあるのだろうが、大きな要因は母の介護疲れだろうと浩は感じている。

そんななか、とどめを刺すように浩がリストラに遭い——今の、この生活に至る。

「お父さん、もう下げちゃっていい？」

康子に聞かれ、浩はじぶんの皿が空になっていることに気づく。

「うん、ごちそうさま」浩は康子とじぶんのコップに麦茶を注いだ。「今日は母さんは」

「外、出てない。大丈夫」

汚れた皿を重ねながら康子がこたえる。

「そうか」

浩は、細かな水滴がびっしり浮かんだコップを撫でた。

――どうして勝手に出て行っちゃうの

行方不明になるたび、母に問い質したことばが脳裏によみがえる。母のこたえはいつも同じだった。

――家に、帰ろうと思ったんだよ

渋る母を無理に連れて来たじぶんがいけなかったのだろうか。
とつぜんの環境の変化が母に悪い影響を与えたのか。
すべてはじぶんの責任なのではないだろうか。
こたえの出ない問いを、今夜も浩はこころのなかで繰り返す。

翌朝九時半、浩はいつものように〈ぐるフェス〉本部テントで、身分証明カードをＩＣタイムレコーダーにかざした。ぴっという機械音とともに、時刻が液晶に表示される。

太一は来ているだろうか。

社員やバイトの集まり始めたテント内を、ぐるり、見渡すが、太一らしき人物は見当たらない。と、清掃部門のチーフである社員の京極夏海と眼が合った。

「おはようございます」

近づいていき、頭を軽く下げる。夏海も笑顔で挨拶を返して来た。

「あの、浜口さんは」

できるだけ穏やかに夏海に問う。夏海の顔がすっと翳った。

「体調を崩したから今日は休むって連絡が」

「そうですか……」

正社員とはいえ、入社したばかりの太一はまだ試用期間中のはずだ。有休は発生していないに違いない。なのに自己都合で休むとは。会社員生活の長かった浩は、どうしても最悪のケースを想像してしまう。

「そうとうキツかったスもんね、昨日は」

いつのまにか横に来ていたバイト仲間の高田裕二が、ぽつりとつぶやいた。浩は頷いて同意をしめす。

「浜口くんのことはわたしに任せて、おふたりは着替えてきてください」

夏海に促され、小さく頷いた。確かに今のじぶんに、太一にしてやれることはなにもない。浩は歩き出した裕二のあとにつき、奥の控え室へと向かった。

日曜の今日は、昨日に増して客が多かった。ようやく昼食休憩の時間が取れたのは午後の一時。弁当を取りに行く前に、まず浩は控え室に寄って、鞄からガラケーを取り出す。着信履歴に「3」という数字が光っている。

なんだろう。もしや母さんになにか。

胸騒ぎを覚えつつ、浩は履歴を呼び出した。十一時半から十二時過ぎにかけて、見知らぬ番号が三件、並んでいる。市外局番から見ると、どうやら自宅の近くらしい。すぐにその番号にかけなおす。コール音が四回鳴ったところで相手が出た。

「はい、梅林大学付属病院です」

自宅近くの総合病院だ。浩の鼓動が一気に速まる。

「あの、そちらから電話をいただきました、中村浩と申しますが」

「中村さまですね。お待ちください」

音声が切り替わり「エリーゼのために」が流れ始める。鼓動がどんどん速まっていく。三十秒ほど待たされただろうか、保留音が途切れ、低い女性の声が耳に届いてきた。

「お待たせしました。高度救急救命センターの小林と申します。中村キクさんのご家族のかたでしょうか」

「そ、そうです。母がなにか」

「午前十時半ころ、市内の歩道でお母さまが倒れていると通行人のかたから救急車の要請が入りました。こちらでお引き受けし、現在、治療にあたっているところです」

浩の心臓が、ひとつ大きく跳ねる。

「は、母がですか。それはあのいったいどういう」

「詳しいことはこちらにいらしてからご説明します。すぐに来られますか」

「はい、ええと四十分、いや三十分あれば」

「わかりました。病院に着かれましたら、直接救命センターの受付においでください」

告げて、電話は切れた。

浩は鞄を引っ掴み、控え室を飛び出した。入れ替わりに入って来た裕二がそんな浩を驚いたような顔で見ている。

京極さんは。京極さんはどこだ。

混乱しつつ、夏海のすがたを探す。長机で昼食をとっている夏海が視界に入る。

浩は夏海のもとへと走った。

「きょ、京極さん。母が倒れたと今病院から」

早口で伝える。上司である夏海にはおおよその事情を話してある。弁当から顔を上げた夏海の眉間に深い皺が寄った。

「え、お母さまが」

「すぐに行かなくてはならなくて。大変申し訳ないのですが、早退させていただけますか」

「もちろん。すぐ行ってください」

「すみません。浜口さんが休みで人手が足りないところを」

「それはこちらでなんとかします。とにかく中村さんは早くお母さまのところへ」

こたえた夏海の顔はすでにいつもの冷静さを取り戻していた。

一礼し、浩は出口に向かって駆け出してゆく。会場を出、広い園内を走りに走って公道へ出る。折よく空車のタクシーが通りかかった。手を上げる。止まったタクシーに乗り込み、行き先を告げてから、浩は自宅に電話をかけた。制服であるオレンジ色のTシャツを着たままだったと浩が気づいたのは、康子に事情を話し、電話を切ったあとのことだった。

休日の道路は予想以上に混み合っており、病院に到着するのに一時間ほどかかってしまった。救命センターの入り口に乗りつけるや、浩はタクシーを飛び降り、その勢いのまま自動ドアをくぐってなかに駆け込む。

「あ、お父さん」

長椅子に座っていた康子が立ち上がり、手を振った。顔に血の気がまったくない。

「か、母さんは」

「それがよくわからないのよ。『ここで待て』と言われるだけで」

狼狽しきった声で康子がこたえる。

　もしかしたらじぶんの到着を待っていたのかもしれない。浩は鞄を康子に預け、受付へと走る。

「中村キクの息子の浩です。今、今到着しました」

　受付に座る制服の女性に嚙みつくように伝える。女性は頷くと受話器を取り上げ、どこかと連絡を取り始めた。足踏みをしながら話が終わるのを待つ。

「まだ処置の最中だそうです。終わるまでしばらくこちらでお待ちください」

　受話器を置いた女性が、落ち着いた声でこたえる。

「母には会えないんですか」

「お待ちくださいということなので」

　宥めるように言われ、仕方なく浩は康子の隣へ戻った。

「だめだ。やっぱり待てと」

「そう……」

　康子が重たげな息をついた。

「若菜には？」

「電話したけど授業中みたいで。状況がわからないから、予備校が終わったら家で待っててとメール打ったわ」

「そうか……」

浩は長椅子に腰を下ろした。反動で長椅子がかすかに揺れる。浩は両手でごしごしと顔を擦った。粘りけの強い汗が手のひらにまとわりつく。隣に座る康子がなにごとか小声でつぶやいた。

「ん？　なに」

聞き取れず、からだを康子に近づける。

「……ごめんなさい」

「え」

「お母さんのこと。……あたしが家にいたのに、気づかなくて……」

俯き、両手で顔を覆った康子の薄い肩が震え出す。浩は腕を伸ばし、康子の膝を、とんとん、何度か軽く叩いた。

「仕方ないよ。四六時中見張っているわけにはいかないんだからさ」

「でも」

「それに母さんの身元がすぐにわかったのは、康子が履物におれの連絡先を書いといてくれたおかげじゃないか。な？」

励ますように言うと、その姿勢のまま小さく頷いた。

「とにかく待とう。なに、すぐ会えるさ」

浩は腕時計に目を走らせる。二時半。母が病院に運ばれてから、三時間は経っている。きっともうすぐ容態を聞かせてもらえるに違いない。

だが待てど暮らせど呼び出しはかからない。

一時間が過ぎたあたりで、浩の我慢も限界に達した。

「あの、まだでしょうか。もうずいぶん待っているんですが」

受付の女性に縋るように聞く。女性が顔を上げた。

「連絡が入っておりませんので、もう少しお待ちください」

「もう少しって、具体的には」

「それはこちらではなんとも」

「調べていただけませんか。なにもわからないのでは心配で心配で」

受付に上半身を捻じ込むようにして頼み込む。仕方ないというように女性が軽く頷き、受話器を取った。やりとりをひと言も聞き漏らすまいと、浩はなるたけ電話口にからだを寄せる。だが短い会話からは、なにも情報を拾うことができない。

「検査に時間がかかっているようです。まだしばらくはここでお待ちください」

受話器を置いた女性がすまなそうな顔で告げる。

「検査？　なんの検査ですか」

「それもここではちょっと……」

嚙みつくように問うが、やはりすまなそうな顔のまま女性が小さく首を振った。

これ以上問い詰めても、女性を困らせるだけだろう。大きなため息をつき、浩はよろよろと受付から離れ、康子の隣に戻った。やりとりを聞いていたのだろう、康子はなにも言わなかった。

不安と焦燥感がじりじりと浩を苛む。全身を細かく揺すりながら浩は考える。検査をしているということは。貧血や熱中症といった単純な原因ではないのかもしれない。倒れたときひどく骨折したとか、頭を打ったとか。あるいはなにか大きな病気が見つかったとか。

考えればかんがえるほど不安は増してゆく。指先は冷たいのに、手のひらにびっしり汗が浮かんでくる。何度水を飲んでも口のなかがからからに乾いた。心臓のばくばく打つ音だけが耳にこだまする。

康子はあれ以来、ひと言も口をきかない。くちびるを真一文字に結び、壁の一点を睨んだまま、身動きもせず座っている。

時計の針が五時を回った。浩は足を踏ん張り、長椅子から立ち上がる。

「だめだ。もう待てない。直接医師に掛け合ってみる」

「え、でも、お父さん」

「中村さんのご家族ですね」

康子が浩の腕を摑むのと、白衣の男性スタッフが待合室にあらわれたのはほぼ同時だった。

「長いことお待たせして申し訳ありません。キクさんの担当医の百瀬（ももせ）と申します。どうぞよろしくお願いします」

首から下げた身分証をふたりに向かって挙げて見せる。

「母は、母の容態はどうなんですか」

縋りつかんばかりの勢いで浩は百瀬に問い質す。

「ご心配でしょうから、まずはお母さまのお部屋にご案内いたします。そのあと詳しい説明は診察室で」

百瀬は浩を制するように軽く手を上げ、踵（きびす）を返して歩き出した。大股で歩く百瀬に遅れまいと浩と康子は小走りになってついていく。

百瀬がふたりを連れて行ったのは、ごく普通の四人部屋の病室だった。てっきりＩＣＵにでも収容されているのかと思い込んでいた浩は、安堵の思いでからだじゅうからちからが抜けていく気がした。

入って右手奥、窓側のベッドを囲む薄青いカーテンを百瀬が引き開ける。

二本の点滴と心電図や脈拍のモニタに繋（つな）がれた母が、ベッドの上で眼を閉じ、横になっている。呼吸のたび、薄い胸が上下する。

生きてる。母さんは生きて、ちゃんと呼吸をしている。

さらなる安心感が浩の胸を満たす。いっぺんに緊張が解けたせいか、目頭に涙が滲んできた。背後で康子の「お母さん……」つぶやく声がかすかに聞こえた。

「今は薬で眠っておられます。たぶん今夜はこのまま眼を覚まさないと思いますが、薬のせいですのでご心配なく」

百瀬が言い、ふたりが近づけるよう、場所を空けた。浩は母の頭の横で腰を折り、そっと手を母の頬にあてた。肌はかさついているものの、温もりが伝わって来る。横に立つ康子が、何度も母の腕を擦った。

しばらくふたりのようすを見守っていた百瀬が口を開いた。

「あとでまたこちらに案内しますので、とりあえず診察室でお話ししてもいいでしょうか」

診察室は病室とは別の棟にあった。「内科第二診察室」と書かれたプレートのついたドアを百瀬は開け、なかに入るよう、目でふたりを促す。

四畳半ほどの広さ。デスクにはパソコンが置かれ、それとは別に大きめの液晶画面が壁にかかっている。浩と康子が椅子に座るのを見届けてから、百瀬がキーボードをいくつか叩いた。液晶画面に、画像が表示される。どうやら正面からではなく、輪切りのようなかたちで撮影されたものらしい。内臓のどこかだろうとは推測がつくが、それ以上は浩にはわからない。

「お母さまが倒れた原因が不明でしたので、ひと通りの検査をしました。当初は熱中症や貧血、あるいは心臓や脳の疾患を疑ったのですが、それらには異常な所見は見られませんでした。それでつぎに内臓の検査に移りました。これは内臓下部のCTスキャンです。こちら側が正面、この白い部分が背骨、ここが腎臓でこれが肝臓、そしてここが膵臓（すいぞう）ですね」

百瀬がマウスを動かし、ポインターで画像を指し示してゆく。頷きながら画像に見入る。

「問題はこの膵臓なんですが……ここに、黒い点のようなものがあるのがわかりますか」

ポインターが、膵臓と説明された臓器の左側を指す。浩も康子も上半身を乗り出した。確かに楕円形（だえんけい）の黒点が、灰色の臓器のなかにぽつんと見える。

「わかります」

浩がこたえると、マウスから手を離した百瀬が、こちらに向き直った。

「おそらくですが、腫瘍（しゅよう）があると思われます。画像から判断して三、四センチほどでしょうか」

康子が息を呑（の）む気配がした。腫瘍の二文字に、ふたたび浩の鼓動が高まってゆく。

「先生、あの、それって癌（がん）ってことでしょうか」

百瀬が視線を画像に戻す。

「それはまだわかりません。今後の検査の結果によりますね」

「検査」

「ええ。十日間ほど入院していただいて、さらに詳細な検査を受けてもらうことになります。結果はすべての検査が終わってからになります」

浩の鼓動はますます速く強くなってゆく。

「十日間、ですか」

「おおよそ、ですが。ご高齢ですし、親族のかたの同意が必要な検査もありますので、毎日付き添っていただくことになりますが、よろしいでしょうか」

否、と言えるわけがない。浩は夢中で頷いた。百瀬が安心したように微笑む。

「ではまず入院手続きのご案内をしますね。今担当の看護師を呼びますので」

「先生、ちょっと、ちょっと待ってください」

受話器に手を伸ばす百瀬を浩は制した。唾を呑み込んでから、ことばを押し出す。

「あの、もしこれが癌だったとしたら……母の余命はどれくらいあるのでしょうか」

中空で止まった百瀬の手が、ゆっくりとデスクに置かれる。

「それは今の時点ではなんとも」

「ですからあくまで仮定の話で」

「やはり検査をしてみないことには」

「一般論でいいんです、先生。あくまでも一般論としてお聞かせいただけませんか」

話しているうちに、浩のからだはどんどん前のめりになってゆく。息を詰め、康子がじっと百瀬を見つめている気配が漂ってくる。

とんとんと指でデスクを叩きながら、眉間に皺を寄せ、百瀬が考え込む。

しばしの間。やがて百瀬が口を開いた。

「中村さん、これはあくまでも一般論で、お母さまの件とは無関係ですよ。そこをきちんとご承知おきください。いいですか」

「はい」

浩は何度も頷く。百瀬が軽くくちびるを舐めた。

「もしも腫瘍が悪性だとしたら……三か月、いや、もしかしたらそれよりも短い可能性もあります」

三か月。いや、もしかしたらそれよりも短い。

頭のなかで浩は百瀬のことばを繰り返す。現実感がまったくわいてこない。厚いガラスを何枚も隔てたように、世界が遠く、そして歪んで見える。

翌日から昼夜交代で、浩と康子は母の付き添いを始めた。

もともと母は丈夫なたちで、大きな病気はおろか風邪ひとつひかないというのが自慢だった。入院もお産のときしか経験したことがない。そんな母にとって、とつぜんの入院とひたすらつづく検査は恐怖以外のなにものでもないようだった。

「怖い。嫌だ」子どものように駄々をこね、はては看護師が病室に入ってくるとベッドの柵にしがみつき、泣きながら抵抗するようになってしまった。どんなに宥めてもすかしても頑として動こうとしない。結果、ちからずくで検査室に連れていくことになる。それがさらに母の恐怖心を増してしまうようだった。

「家に帰りたいよ」

ことあるごとに母は訴える。浩に康子に、時には医師や看護師にまで。

「お願いです。家に帰してください。この通りです」

ベッド上で土下座をし、シーツに額を擦りつけて懇願する母を見て、浩はこころが抉られるような痛みを感じる。それは康子も同じなのだろう、体調を崩し、ベッドから起き上がれない日が増えた。

知らせを受けた妹の恵子が嫁ぎ先の兵庫から駆けつけて来たのは、入院から三日めの午後だった。

「母さん……」

ベッドに臥せる母を目にした瞬間、恵子の瞳から大つぶの涙が零れ落ちる。

「どうして。どうしてこんなことになっちゃったのよ」

面会を終えたあと中庭のベンチで、恵子は浩の腕を取り、声を荒らげた。

「あんなに痩せて、顔つきまで変わっちゃって……お兄ちゃん、ずっと母さんと暮らしてたんでしょ。どうしてこんなになるまで放っておいたの。気づかなかったの、なんにも」

「……ごめん」

俯いて浩はこたえる。確かに兆候はあった。腰を痛がっていたり、食欲が落ちてどんどん痩せて行ったり。けれど浩は「歳のせいだろう」くらいにしか考えていなかったのだ。

「康子さんも康子さんよ。せっかくそばにいながら」

「康子は悪くない。せいいっぱいやってくれた」

「でもその結果がこれでしょ!」

恵子が叫ぶ。さすがの浩もかっと頭に血が上った。

「仕方ないじゃないか! どうにもならないことだって人生にはあるさ!」

「お兄ちゃんはいつもそう! 高卒だから仕方ない、給料安くても仕方ない、リストラされても仕方ない……そうやって逃げてばかりで、なにひとつ戦ってこなかったじゃないの！」

「おまえになにがわかるって言うんだ！」

気づくとふたりとも立ち上がり、大声で罵り合いをしていた。散歩していた患者やその家族が、ぎょっとした顔でふたりを見ている。

こんな場所で言い争ったらだめだ。他人の迷惑になってしまう。浩は深呼吸をして波立つこころを鎮め、ベンチに腰かける。

「……悪かった。せっかく遠いところを」

「謝らないでよ、お兄ちゃん」

驚いて恵子を見上げる。拳を固く握りしめ仁王立ちになった恵子が、射るような視線を投げつけてくる。

「そうやって謝って、それで終わりにしないで。なにひとつ変わらないよ、そんなんじゃ……」

恵子の眼に涙が浮かぶ。頬を伝い、流れ落ちてゆく恵子の涙を、浩はくちびるを嚙みしめ、ただひたすらに見つめる。

「検査結果が出揃いました」

百瀬から連絡があったのは、入院してちょうど十日めの朝だった。

病棟に着き、「内科第二診察室」のドアの前に立った浩は、何度か深い呼吸を繰り返す。

落ち着け。落ち着くんだ。じぶんに言い聞かせるが、思いとは裏腹に心臓は跳ね回り、口はからからに乾いてしまう。隣に立つ康子が、心配そうに浩の顔を覗き込んだ。

「お父さん、大丈夫？」

「ああ」

口角を上げてみせるが、くちびるの端が引き攣っているのがじぶんでもわかった。

「失礼します」

ドアを開ける。パソコンを睨んでいた百瀬が顔をこちらに向けた。ごく自然なようすで椅子を指し示す。

「どうぞおかけください」

「それであの、結果は」

腰かけるやいなや、身を乗り出して浩は問う。横に座る康子から緊張しきった気配が伝わって来る。

一拍の間。百瀬がゆっくりと口を開く。

「悪性でした。残念ながら」

「あ、悪性というと」

「癌です。膵臓癌」

膵臓癌。

覚悟はしてきたつもりだった。それでも視界が急速に狭まり、冷たい手で心臓をぎゅっと鷲掴みにされたように浩は感じる。康子が深く、長い息を吐いた。

百瀬がキーボードをいくつか叩く。モニタに画像が表示される。

「この黒い点、これが原発巣の膵臓癌です。検査の結果お母さまは、膵臓以外にも骨盤と腰椎への転移、さらに肝臓や肺にも転移が見られます」

画像を切り替え、百瀬がポインターで病巣らしき部分を指し示す。浩は必死にことばを押し出した。

「それはあの、かなり良くない結果と」

「そう捉えていただいて結構です」

「じゃ、じゃあ母の余命は」

「前回お伝えした通り――いえ、もう少し短いかもしれません」

浩の眼をまっすぐ見つめながら百瀬がこたえる。ふたたび康子が長い息を吐く。

「今後のことですが……お母さまの年齢と転移の状態を見るかぎり、手術や抗癌剤投与といった積極的治療は、かえってからだへの負担が大きいように思われます。もちろんご本人やご家族の意向もおありでしょうが、主治医としましては、緩和ケア病棟、もしくはホスピスに移られるか、あるいはご自宅で療養するのが最善の策かと」

百瀬の説明はつづく。ストレッチャーだろうか、からからからと車輪の回る音が壁を隔てた廊下から聞こえてくる。

その日の夜八時半、母が寝入るのを見届けてから浩は病院を出た。母に病気のことを話すべきかさんざん迷ったが、浩や家族のことすらあいまいになっている今の母に説明してもきっと理解できないに違いない。考えたすえ、浩はなにも知らせないことに決めた。

バスを降り、近くのコンビニで弁当を三つ買ってから、浩はマンションの階段を上がった。からだが重い。いつにも増して上るのが億劫に思える。玄関のドアを開けると「おかえんなさい」手前の部屋からめずらしく若菜が顔を覗かせた。

「お、今日は早いな」

「いま帰ったとこ。文化祭の準備で予備校、休んだから」

「お母さんは？」

「部屋で寝てる」

「お祖母ちゃんのこと、聞いたか」

若菜が首を横に振る。

「そうか。ちょうどいい、夕飯食べながら説明するよ。悪いけどお母さん起こして来てくれるかな」

「わかった」

若菜が奥の寝室へと歩いてゆく。

ダイニングに入った浩は、弁当をテーブルに並べた。本当は育ちざかりの若菜にコンビニ弁当など食べさせたくはない。だがどこをどう探しても、夕飯を作る気力が残っていなかった。

三人テーブルについたところで弁当のふたを開ける。硬い白飯を割り箸でほぐしながら、浩は若菜に今日説明されたことを話して聞かせた。若菜はなにも言わずに箸を動かしている。

「うちでは……難しいと思ってる。なにせエレベーターもないしな。デイケアだのなんだのに連れてくのも大変だろうし。となると緩和ケア病棟か、あるいはホスピ

ス を探すか……」

「すぐに受け入れてくれるところあるかしら」

鮭の切り身をいじりながら康子がつぶやく。

「明日にでも市の福祉課に問い合わせてみるよ」

「そうね。ネットでも探せるわよね、きっと」

「あと問題は……」

言いかけて、浩は思い直す。

気にかかるのは、入院費のことだった。いくらかかるのか、どれくらいの期間払うことになるのか、皆目見当がつかない。けれど若菜の前でそんな話はできない。康子とふたりきりになったら相談しよう。そう考え、箸を弁当に戻す。

「まあ、とにかく調べるのが先だな」

「志望校、変えようかあたし」

それまでずっと黙って聞いていた若菜がとつぜんことばを発した。浩も康子も驚いて若菜を見る。

「な、なに言ってるんだ若菜」

「そうよ、あと少しで合格圏内って先生も」

「でも私立の理系だよ。お金、すごいかかるでしょ。国立に変えるか、あとは……

文系になっても」

真剣極まるおももちで若菜がふたりを交互に見つめる。思わず浩は大きな声を上げる。

「なに馬鹿なことを言ってるんだ。こんなにがんばって来たのに」

「でも」

「若菜はなにも心配しなくていい。とにかく今は眼の前のことだけ考えなさい」

若菜が俯く。じっと弁当の一点を睨みつける。

「……ごちそうさま」

半分以上残った弁当にふたをして、若菜が席を立った。踵を返すと、早足でダイニングを出て行く。

「若菜。ちょっと、若菜」

あわてたようすで康子が若菜のあとを追う。

ひとり残されたダイニングで、テーブルに肘をつき、浩は両手で顔を覆う。

なにをやってるんだおれは。しあわせにすべき家族を困らせ、不安にし、苦しめ悲しませて——

情けなかった。じぶんという存在が、心底情けなかった。

翌日の午後、浩は久しぶりに〈ぐるフェス〉の開かれている公園に向かった。

十月十日、会期終了日の十四日まであと四日。控え室に置きっぱなしになっている私物を片付けねばならない。足を引きずるようにして通用口を抜け、本部テントに向かう。天幕を上げたとたん、段ボールを抱えた女性とぶつかりそうになる。

「す、すみません」

「あ、中村さん」

浩が頭を下げるのと、夏海の声が降ってくるのはほぼ同時だった。

「京極さん」

一度上げた頭を、浩は再度下げる。

「このたびは大変ご迷惑をおかけして、本当に申し訳ありませんでした」

「そんな。事情が事情ですから気にしないでください」

段ボールを抱えなおした夏海が柔らかな声音で言う。

母の入院が決まった日に連絡をし、詳細を話した上で残りすべてを休むと夏海には伝えてあった。

「いかがですか、お母さまのお具合は」

「それがじつは」

「京極さーん。早くこっち、段ボール！」

話し出した浩を遮るように、テントの外から呼ばわる声が響いてきた。

「はーい、今。ごめんなさい中村さん、またあとで」

片手で器用に手刀を切ると、天幕をくぐり早足で外へ駆けていく。夏海のすがたを見送ってから、浩は奥の控え室に向かった。顔馴染みのスタッフに挨拶しながら部屋に入り、ロッカーのドアを開ける。あの日、脱ぎっぱなしだった服や、こまごまとした私物を持参の紙袋に詰めていく。

おおかた仕舞い終えたとき、ぽんと後ろから肩を叩かれた。振り向く。太一が立っていた。

「浜口くん……」

思わずほっとした声が出る。太一が照れ臭そうに微笑んだ。

「あの中村さん、ちょっとだけ時間、ありますか」

「うん、大丈夫だよ」

「おれ、今から休憩なんですよ。よかったら裏でコーヒーでも飲みませんか？」

太一がテントの外を親指で指す。浩が頷くと、長机の隅に置かれたコーヒーサーバーからカップにコーヒーを注ぎ、目で奥の出入り口を示した。

テント裏にはパイプ椅子が何脚か置かれ、数人のスタッフが思いおもいに休憩を取っている。空いている椅子に座ると、太一がカップを手渡してくれた。礼を言って受け取る。

二週間前、浩が働いていたころは強烈な陽射しが降りそそぎ、真夏のような暑さが残っていたが、今は陽射しも穏やかで、吹く風には秋の気配が漂っている。

そうか、もう十月もなかばなんだな。カップを揺らしながら浩はぼんやり考える。

横に座った太一がちらりとこちらを見た。

「あの……その節はありがとうございました」

「え？　その節って？」

意味がわからず、浩は太一の顔を見る。太一が視線を逸らし、カップのなかを覗き込む。

「ほら、辞めようとしてたとき。中村さん、話してくれたじゃないですか、おれにいろいろ」

「ああ……」つぶやいて浩はコーヒーを啜った。「あったたねぇ、そんなことも」

「あのあといろいろ考えて……もう少しここでがんばってみようと決めたんです」

「そうかぁ……」

浩は椅子に背を預けた。

園内から、ひとびとのはしゃぐ声が聞こえてくる。

肉の焼ける香ばしい匂いや、食欲をそそるカレーの香りがここまで漂って来た。

ふたたびちらりと太一が浩に視線を向ける。

「……京極さんから聞きました。……大変ですね、中村さん」

「はは。まあねぇ」

「お母さん、まだしばらくは入院ですか」

「いや、それがねぇ」

浩はここ二週間のできごとをかいつまんで太一に話した。時おり短い質問を挟みながら、太一が話に聞き入っている。なぜだか太一には素直に話すことができた。こころのどこかで「誰かに聞いてもらいたい」と願っていたのかもしれない。

昨夜の若菜とのやりとりまですべて話し終え、浩はひとつ大きく息をついた。

えさを探しているのだろう、すずめが二羽、地面を跳ねるように眼の前を横切ってゆく。

「……そう、でしたか」

すずめを目で追いながら太一がつぶやいた。

「情けない話だよねぇ。母本人はともかく、妻や子どもにまで心配かけちゃってさ」

カップのふちを浩は指でなぞる。

「……浜口くんにさんざん偉そうなこと言ったけど、そんな資格、ないんだよ、ぼくには」

太一はなにもこたえない。カップを両手で包むように持ち、じっと正面を見据えている。

笑い声を上げながら、女性スタッフがふたり、近づいてきた。すずめたちがぱっと飛び上がり、空に消える。薄い雲のたなびく空はどこまでも青く澄みわたり、穏やかに輝いていた。

思えばずっと空を見ていなかったなぁ。浩はぼんやり考える。なんだか地面ばかり見て過ごしてきた気がする。

太一がなにごとかつぶやいた。

「え？」

聞き取れず、浩は太一を振り返る。

「まだ、終わってないんじゃないですか」

「終わってない？」

「中村さんの仕事。お母さんを看取(みと)るまでは……こたえなんて、出せないんじゃないかなあ」

「そう、なのかなぁ」

正面を見つめたまま小声で太一が言う。浩は首を傾(かし)げた。

「少なくともおれはそう思います。だってこのあとまだ残ってるでしょう、お母さんをどこに移すかっていう問題が」

浩は頷いた。太一がつづける。

「どこがいいと?」

少し考えてから浩は口を開く。

「自宅は無理だから……やっぱりホスピスか」

「そうじゃなくて。お母さんはどこに行きたいと言ってるんですか」

「え? いや聞いてないよ。なにもわかんなくなってるし。聞いてもたぶん『家に帰りたい』って言うだけだろうし」

「家ってどこの家ですか?」

「そりゃあ……」

言いかけて、浩はことばに詰まり、俯いて考える。

嫌がって出て行くぐらいだ、今の家ではないだろう。だとすると父と暮らしていた借家か? それともほかにどこか――

「……まず、そこからじゃないですか。中村さんがやらなきゃいけないことは」

太一のことばに浩は顔を上げる。静かな強さを秘めた瞳に出会い、浩は驚く。

「なんだかずいぶん変わったね、浜口くん。なにかあったの」

「いや別に、特には」

早口で言い、照れたのか、横を向いた。

いつのまにか戻って来たすずめたちが、ちちち、澄んだ声で鳴く。

「ねえ母さん。母さんの帰りたい家って、どこ」

私物を持ったまま、〈ぐるフェス〉会場からまっすぐ病院に向かった浩は、ベッドの脇に腰かけるや母に問うた。午後の陽が射し込む病室は、暖かく静かだ。カーテン越しに隣のベッドの女性が立てる軽いいびきが響いてくる。

斜めに立てたベッドに上半身を預けた母は、ぼんやりとした眼で窓の外を眺めていた。返事はない。

「下町のあの家？　それともどこかほかにあるの」

母の肩にそっと手を置き、重ねて尋ねる。母がゆっくりと顔をこちらに向けた。けれども表情は動かないままだった。

やっぱりだめか。浩は小さく息をつき、汚れものをまとめ始める。

恵子とも話し合って、早急に母さんが落ち着ける場所を探そう。恵子なら、じぶんが思いつかないようなアイデアを出してくれるかもしれない。

少なくなったティッシュの箱を取り替え、吸い飲みに新しい水を足す。ミネラルウォーターのキャップを閉め、洗濯済みのタオルを棚にしまう。と、小さなちいさな声が、母のほうから聞こえてきた。伸びあがった姿勢のまま、浩は母を見下ろす。最初はうわごとかと思った。それほどまでに声はか細く、しかも日本語とは思えぬ響きを持っていた。

「なに？　母さんなんて言ってるの」

柵に手をかけ、浩は母の口もとに耳を近づける。わずかに声がちからを増した。途切れとぎれではあるが、旋律のようなものが聞き取れる。どうやら歌を歌っているようだ。

歌――

浩の頭のなかに、まるで小さな泡が弾けるような感覚が走る。

この歌をつい最近耳にした記憶がある。でもいったい、いつ、どこで？

母は歌いつづける。縺れた糸をほどくように、浩は必死に考えをめぐらせる。そう、確か雨が降っていた。大勢のひとがいて、泣き声や喚き声が飛び交っていて――

ぽん、と、瓶の栓が抜けるように浩の記憶がよみがえる。

〈ぐるフェス〉だ。あの大雨のときの〈ぐるフェス〉。倒れそうになったポールを支えているときに思い出した歌。母さんが奄美の夜に歌ってくれた、あの――

浩は夢中で叫ぶ。

「母さん、それ奄美の歌だよね。むかし歌ってくれた、あの歌だよね」

唐突に歌が途切れる。母の顔が動き、眼が浩を捉える。瞳を覆った膜がじょじょに薄れていき、意思の揺らめきがその眼に宿る。

そうか、そうだったのか。雷に打たれたような衝撃を浩は感じる。

母さんの帰りたかった家。それはうちでも下町の借家でもなく、生まれ育った奄美の家だったんだ。

母がすっと視線を逸らし、ふたたび窓の外を見やる。明るい陽の光が母の痩せた横顔を照らす。

光線の具合かもしれない、浩の思い込みかもしれない。けれども光を受けた横顔はほんのり桃色に染まり、いつもより生き生きとして見えた。

空港の到着ロビーを抜けて外へ出たとたん、十月末とは思えぬほどの強烈な陽射しと、湿り気を帯びた空気が浩と母を包む。夏のなごりを残した群青の空を、真綿のかたまりのような雲がかなりの速さでよぎってゆく。機内アナウンスの通り、どうやら季節外れの台風は確実に奄美に近づいているようだった。

「母さん、奄美に着いたよ」

車椅子に座る母に浩は声をかける。眼を細めた母が、首をめぐらせ、周囲を眺めた。眉間にかすかな皺が寄る。だがそれ以上母の表情が動くことはなかった。

仕方ない、いま着いたばかりなんだから。浩はじぶんに言い聞かせ、タクシーを捕まえるため乗り場へと車椅子を押してゆく。

「奄美の家に母さんを連れてゆく」

最初にそう持ち出したとき、康子も若菜も強く反対した。

「そんな長旅は無理でしょう」

「そうだよ、急に具合が悪くなったらどうするの」

だが浩は諦めなかった。母が帰りたいという家、そこへ連れて行くのが、最後の親孝行のように感じられたのだ。

反対一色の家族のなかにあって、意外にも味方になってくれたのが恵子だった。

「いいと思うよ、お兄ちゃん。あたしからも康子さんにお願いしてみる」

てっきり反対されるとばかり思っていたので、かえって浩は驚いてしまう。

「え、いいのか恵子」

「うん。あたしも母さんが帰りたいのはあの家だと思うし。――それにしても」

「それにしても、なんだよ」

「よく思い切ったね。上出来じゃん、お兄ちゃんにしては」

電話の向こうで、ふふふと恵子が笑った。

恵子の説得のおかげで、康子も若菜も最後はしぶしぶながら奄美行きを認めてくれた。主治医である百瀬も「お母さんの希望をかなえてあげたほうがいい」と言い、いざというときのためにと奄美の病院の医師と連絡を取り合ってくれた。

そうして今、ふたりは奄美の空の下にいる。

タクシーに乗り込み、浩は運転手に行き先を告げる。母の実家は、名瀬から車で十五分ほど南下した先の、海沿いの小さな集落にあった。

母の手を握りながら、浩は車窓から外の景色を眺める。奄美に来るのはほんとうに久しぶりだ。最後、いつ来たのか、それすらはっきり覚えていない。

名瀬を抜けると、とたんに風景が鄙(ひな)びてくる。間隔を空けて、道沿いに建つ昔ながらの民家。平地の少ない奄美では、海からすぐのところに勾配(こうばい)のきつい山が迫る。どの集落も小さな湾を囲み、山を切り拓いたわずかな土地に広がっている。

母の実家も、そんな集落の一角にあった。

一車線の狭い道路、右手には遊歩道がつづいている。確か遊歩道の向こうは遠浅の海だ。幼いころ従兄弟(いとこ)たちと泳いだり、貝拾いをした記憶がある。タクシーを降り、ふたたび母を車椅子に乗せて浩は坂を上ってゆく。

十年前、母の弟である叔父が他界してから、従兄弟は奄美を出、いまは大阪で暮らしている。ふだんは誰も住んでいない空き家だが、お盆の墓参りや、夏休みに子どもたちを遊ばせるため、今でもたまに帰省しているらしい。浩が事情を話すと、快く鍵を送ってくれた。電気も水道も止めていないと聞き、浩は大いにほっとした。

海からふたすじ離れた路地、そのいちばん手前に母の実家はあった。額に滲む汗を拭いながら浩は古びた家を見上げる。

ほかの家々と同じく風よけの生け垣に囲まれた、ちっぽけな平屋。遊びに来ていたころ屋根は茅葺き(かやぶき)で、壁は板張りだったが、さすがに老朽化が進んだのだろう、屋根はスレートに、壁もモルタル造りに変わっている。

ここがかつて住んでいた家だと母に理解できるだろうか。

不安を覚えつつ浩は母を見下ろした。

「ほら、家だよ、母さん」

母は無表情のままだった。

やはりわからないのか。ふくらんでいた希望が急速にしぼんでゆく。

だが外見は変わっているが、間取りや内装にはそれほど手を入れていないと従兄弟は言っていた。なかに入れば母も思い出すかもしれない。気を取り直して、浩は預かった鍵を取り出し、横開きのガラス戸を開けた。かび臭い空気がどっと流れ出す。雨戸を閉め切っていたため、なかは暗く、奥のほうは深い闇に沈んでいる。

まずは雨戸を開けて、軽く掃除をしなければ。

「ちょっと待っててね」

浩は玄関先に茂るガジュマルの大木の陰に母の車椅子を置き、ひとりで家に上がった。

灯(あか)りのスイッチを点けて回り、雨戸を開けて風を通す。

居間に、八畳と四畳半の居室、台所と狭い風呂場にトイレ。浩の記憶では風の通りが良いように、すべての部屋は繫がっていたが、今は間仕切りの壁によってそれぞれ区切られている。さいわいテーブルや椅子、食器など生活に必要最低限の家具や調度は残っている。

これならさして不便を感じず滞在できそうだ。物入れから掃除機を取り出しながら浩はほっと安堵の息をつく。

手前の部屋から掃除機をかけてゆく。ときどき手を止めて、母のようすを窺った。車椅子に座ったまま、母はぼんやりと家の前の通りを眺めている。この集落もひとが減っているのだろう、通り過ぎる人影は見えない。

庭に面した居間まで掃除を済ませ、台所に移ろうといったんスイッチを切る。と、玄関先から、女性のしゃがれた叫び声が上がった。

母になにか？　浩はあわてて玄関へ走る。

「母さん！」

手押し車を杖代わりにして、老女がひとり、母の前に立っていた。よく日に焼けた皺だらけの顔を真っ赤にして、早口でなにやら喚いている。訛りが強くて、なんと言っているのか浩には聞き取れない。サンダルを突っかけ、外に出る。

「あの、なにか」

恐るおそる声をかける。老女がぱっとこちらを見た。顔に驚きの色が広がる。

「浩ちゃん！　浩ちゃんだよねぇ、キクちゃんとこの」

「あ、はい浩ですが、あの」

「あたしだよぉ、覚えてないかい。キクちゃんの友だちのトシ子さぁ、トシ子」

老女がぐいっと顔を突き出してみせた。浩は懸命に記憶を辿る。数十年前の思い出が、深い海の底から立ち上る泡のように浩の脳裏に浮かんでくる。

「……トシ子おばさん？　母の幼馴染の」

「そうだよそうだよ。いやあおっきくなったねぇ、ちゅうか、すっかりおじさんになっちゃってさあ」

　トシ子の顔いっぱいに笑みが広がる。

　トシ子は確か母とおない年、同じこの集落の生まれだ。幼いころ帰省するたび母に会いに来てくれた。夜の更けるのも忘れ、トシ子と縁側で話し込んでいた母の後ろすがたを思い出す。

「ご無沙汰してます」

浩は深々と頭を下げる。

「ほんとさぁ、何年、んにゃ何十年ぶりだろうね。どうしたんだい、今日は。墓参りかい、ねえキクちゃん」

母の肩に手を乗せ、トシ子が軽く揺さぶる。母がゆっくりと顔を上げ、トシ子を見た。焦点を合わせるように母の瞳がしだいに細くなってゆく。思わず浩は息を呑む。

思い出してくれ、母さん。

ひび割れ、色を失った母のくちびるがかすかに動く。

「……トシコ？」

「そう、トシ子だよ。一緒に小学校通ったトシ子。娘のころもおんなじ工場で働いたじゃないさ」

「トシコ……」

眉間に皺を寄せ、母が眼を瞑る。

数秒、そうしていたろうか。やがて開いた眼はいつもと同じくがらんどうで、感情のかけらすら浮かんではいない。浩のこころに失望が広がってゆく。

「ど、どうしちゃったんだいキクちゃん。あたしのことがわかんないのかい」

トシ子がおろおろとした表情で浩と母を交互に見る。浩は頷いて、これまでの経緯をトシ子に話す。

「……そうだったのかい」トシ子の顔を暗い影が覆う。「キクちゃんが……そんなことになっちまうなんてさぁ……」

大きく首を振り、痛ましそうに母を見つめる。

「でもしばらくここにいるうちに、思い出すかもしれませんし」

トシ子にというよりじぶんに向かって浩は言う。

「そうだね。ゆっくりするといいさぁ。いつまでいられんの？」

「明後日の飛行機で帰ります」

「え、そんな短いの」

「ほんとうはもっと長くいたいんですけども。母が……こんなようすですし」

母を見下ろしてつぶやく。

気を取り直したように頷いたトシ子が「そうだ！」ぱん、と両手を打ち鳴らした。

「よかったらさ、明日の夜、うちに来ないかい。一緒に夕飯、食べようよ。たいしたもんは出せんけどさぁ」

「でもご迷惑じゃ」

「迷惑なんてことあるかい。な、そうしようような」

トシ子が浩の腕を取る。

申し出を受けたほうがいいかもしれない。浩は考える。昔馴染みと会えば、母になにか変化が起こるかも。

「じゃあお言葉に甘えて」

浩がこたえると、ようやくトシ子の顔に笑みが戻って来た。

念のためこちらの連絡先を伝え、トシ子の自宅の電話番号を聞き、携帯に登録する。

「また明日ね、キクちゃん。むかしみたいにさ、いっぱいいーっぱい話、しようねぇ」

トシ子がかがみ込み、母の両手をぎゅっと握った。そんなトシ子を、母が不思議そうな眼で見ている。

何度も振り返りながら去って行くトシ子に浩は大きく手を振った。ふたつ先の角を曲がったところでトシ子のすがたが消える。

明日が、今日よりいい日になるといい。濃い緑に囲まれた路地を見ながら浩は願う。

強い風が吹く。木々の葉が擦れ、音を立てて揺れる。

「家に入ろうか、母さん」

浩は車椅子の取っ手に手をかけた。

翌日は朝から雨模様の荒れた天気になった。

厚い雲のおかげで陽が遮られ、昼になっても夕方のようにあたりは暗い。雨脚は強くなるばかりで、午後になると風もしだいに強さを増した。

こんな天気では母を連れ出すことは難しい。迷ったすえ、浩はトシ子の自宅に電話をかけた。夕飯に行けないと告げると、トシ子は残念そうな声を上げたが「こんな天気じゃあねぇ」と最後は納得してくれた。明日の予定を伝え、電話を切る。

テレビでは、今晩夜半から明日の未明にかけてが嵐のピークだと告げている。

今夜は早く寝てしまおう。明日はまた長旅が待っている。そう考え、昨夜の残りもので食事を済ませると、浩は早々に雨戸を閉め、八畳間に延べた布団に母を寝かせた。薬のせいか母はすぐにうつらうつらと眠り始めたが、大きな物音がするたびにびくりとからだを震わせ、眼を開けてしまう。

なるべく家のなかを明るくしておいたほうがいいな。そのほうが母も安心するだろうし。

八畳間だけ常夜灯に変え、廊下や洗面所、玄関、それに居間の明かりを点けっぱなしにして、隣の布団にもぐりこんだ。光源が増えたせいだろうか、ようやく母の眠りが安定してくる。ほっと胸を撫でおろし、浩も眼を閉じ、眠ろうと努力する。

だがなかなか眠気がやってこない。タオルケットにくるまりながら、浩は寝返りを繰り返す。

夜が更けるにつれ、雨も風もひどくなってきた。時おり雷鳴までが轟く。雨が雨戸を打つ音、風で軋む梁や柱。植木鉢だろうか、庭でなにか重たそうなものが転がり、家にぶつかって耳障りな音を立てる。そのたびに浩はひやりとする。

大丈夫だろうか。まさか家ごと吹っ飛んだりはしないよな。不安を感じ、バッグから取り出した携帯を枕もとに置いた。

眠れないまま、浩はこの二日間のことを考える。

奄美の風景を見ても、トシ子に会っても、そしてこの家で過ごしても母のようすに変化はなかった。母が帰りたがっていたのはこの家ではなかったのだろうか。奄美まで来たのは無駄な努力だったのか。もうむかしの母に戻ることはないのだろうか――。

後悔と悲しみが襲ってくる。振り払ってもふりはらっても、その思いが消えない。

だめだ。浩は母を起こさぬよう、そっと布団から滑り出る。テレビでも見よう。せめて少しでも気晴らしをしなくては。

居間に移動し、リモコンを手に取る。そのときだった。ひときわ大きな雷鳴が響き、同時にとつぜん、家じゅうの明かりが消えた。

停電!?　停電したのか!?　浩はぼう然と立ちつくす。

雨戸を閉め切った家は真の暗闇に沈み、ものの輪郭はおろかじぶんの手すらわからない。

戻らなくては、早く、はやく母のところへ。

焦って足を踏み出すが、慣れない家のなか、すぐにはどこにドアがあるかすら思い出せない。確かこっちだ、いや違う、ドアはどこだ、ドアは。手探りで歩き回るが、かえって方向を見失ってしまう。

「母さん！」思わず叫んだ。「どこにいるの、母さん！」

「浩！　浩！」

じぶんを呼ぶ声が聞こえる。

それは母の声だった。聞き慣れた母の声だった。

信じられない思いで浩は叫び返す。

「母さん！」

「こっちだよ、浩！」

ちから強い母の声。その声を頼りに浩は夢中でドアを開け、八畳間に転がり込む。

「か、母さん」

伸ばした手を、母がしっかりと摑んだ。

「大丈夫だよ、怖くない、怖くないから」

母が掴んだ腕を引き寄せる。よろけたひょうしに足がなにか硬いものを踏んだ。携帯だ。そうだ携帯があれば。片手を母に引かれたまま浩はしゃがみこんで携帯を拾う。無我夢中で携帯を開く。液晶が灯る。その光を頼りに浩はライトのスイッチを押した。灯った明かりの先に、立ち上がった母のすがたが見える。

立ってる！　母さんがじぶんの足で！

驚きのあまり、浩は身動きひとつできない。そんな浩を母が布団に座らせる。

「ああよかった、どこに行っちまったのかと思ったよ」

「……母さん」

「さ、こっちにおいで。母さんが横で寝てあげるからね」

母がじぶんの布団を持ち上げた。現実感がともなわないまま、浩は母の布団に横たわる。ぴったり寄り添うように、母が布団に入って来た。

「なんも心配いらないさ。浩が眠るまで、ずっとそばにいてあげるからね」

優しい声で囁き、母が浩の背を撫でる。何度もなんども。母の手の温かさが背中越しに伝わってくる。

母さんの手だ。浩の全身を喜びが貫く。

数え切れぬくらい繋ぎ、握りしめた母さんの手。頭を撫でてくれた、擦りむいた膝こぞうにあてててくれた、熱を出したときそっと額に置いてくれた、懐かしく温かい母さんの手――

浩の背を擦りながら、母が小さな声で歌い出す。病室で聞いた歌、はるかむかし同じ嵐の夜に、怯える浩と恵子に歌ってくれたあの歌だ。

「母さん……」

浩は両手を広げて痩せ細った母のからだを抱きしめ、胸に顔をうずめる。とくんとくんという規則正しい鼓動とともに、母の匂いが浩の全身を包む。

母さん母さん母さん。

浩の眼に涙が浮かぶ。盛り上がった涙のつぶが、頬を転がり落ちてゆく。

大きな声を上げ、浩は泣いた。まるで幼い子どものように、母の背中だけを追いかけていたあのころのように――

母は静かに歌いつづける。

嵐を打ち消すように、母の澄んだ歌声が響く。どこまでもどこまでも。


いつのまにか眠っていたらしい。眼を覚ますと、雨や風の音は止み、雨戸のすき間から幾条もの光のすじが射し込んでいる。

あれ、ここはどこだっけ。見慣れぬ天井に、一瞬浩は混乱する。

ああ、そうだここは奄美の家だ。母さんの生まれた家だ。浩は横に目を向ける。布団は空っぽで母のすがたはない。

「母さん⁉」

跳ね起きた浩は布団から飛び出し、縺れる足で居間に繋がるドアを開ける。居間は明るい陽射しに満ちていた。開いた雨戸の先、縁側に腰かけた母の背中が眼に入る。

「よかった、母さん」

母がゆっくりと振り向いた。不審げな表情がふとよぎったが、すぐに柔らかい顔に戻る。

「おはよう、浩。よく晴れてるさぁ」

夢じゃなかったんだ、昨夜のことは。安堵のあまり、浩はその場にくずおれそうになる。

「こっちにおいで。アカバナが綺麗(きれい)だよ」

母が手招きをする。頷いて、母の隣に腰かけた。小さいけれども樹々や花々に埋め尽くされた庭を、一緒に眺める。群れて咲く赤や黄色のハイビスカス。中心が薄い黄色の白いプルメリアや、生け垣に這(は)う色とりどりの朝顔。どの花も樹の葉も、雨に洗われて美しく輝いている。

「……家に、帰って来たんだねぇ」

愛(いと)おしそうに庭を見渡しながら母がつぶやく。頷きかけた浩の動きが止まる。

もともと二泊三日の予定だ。今日の午後には東京に戻らねばならない。飛行機も予約してあるし、二日後には病院での診察も控えている。そのことを母に伝えなくては。意を決して浩は口を開く。

「母さん、あのね」

「なんだい」

振り向いた母の顔は穏やかで、今朝の空のように明るく澄みきっていた。言えない。浩はくちびるを噛みしめる。今日東京に戻るなんて、とても今の母に言うことはできない。

「なんでもない。朝ごはん、ここに持ってくるからさ、一緒に食べよう。薬も飲まないとね」

こたえると、母がこくりと頷いた。

台所で簡単な朝食を用意しながら浩は悩む。

せっかく以前の母に戻ったのに、また東京に連れ帰ってしまっていいものか。いっそこのままここにいようか。けれど東京との二重生活は、ホスピスに入れるよりも金がかかるだろう。そんな余裕がうちにあるのか。

迷いながら、ともに朝食を食べる。

母を縁側に座らせたまま、ごみを片付け、掃除をする。帰りの荷物をまとめているうちに昼になった。そろそろ家を出なければならない。

考えたすえ「散歩に行こう」と誘った。母が素直に頷いて立ち上がる。

とにかく空港へ行こう。一度東京に戻ろう。そのあとこれからのことを考えればいい。

いそいそと車椅子に座る母を見ていると「騙(だま)している」という罪悪感が胸に広がる。その思いを無理やり振り切って玄関を出る。鍵をかけていると、

「よかった、間に合ったぁ」

背後で声がした。振り向く。手押し車に両手を乗せたトシ子が、笑みを浮かべて立っていた。

「トシ子おばさん……」

「どうしてもキクちゃんに渡したいものがあってさぁ」

トシ子が一歩、近づく。目を丸くしてトシ子の顔を見ていた母が声を上げる。

「あれぇトシちゃん。久しぶりだねぇ」

トシ子がぎょっとしたように立ち止まる。

「……キクちゃん。あ、あたしがわかるのかい」

「当たり前だよぉ。トシちゃんの顔を忘れるもんかい」

軽い口調で母が言う。

トシ子が浩の顔を見上げた。黙って頷いてみせる。トシ子の顔が、ほろほろと喜びに崩れてゆく。

「だよねぇ、そうだよねぇ」

声音に涙が混じっている。すん、と、トシ子が鼻を啜り上げる。そんなトシ子を、母が不思議そうな顔で見つめている。

「トシちゃん、あたしたちこれから散歩に行くんだ。トシちゃんも一緒に行こうよ」

「うん、うん。どこへ行くんだい」

ちらりとトシ子が浩を見る。ことばに詰まっていると、

「浜に降りようよ。むかしよく遊んだじゃないか」

母がはしゃいだ声を出した。

浩は腕時計に目を落とす。飛行機が出るまでにまだ三時間ある。浜辺で過ごす余裕はありそうだ。頷くと、

「じゃあそうしようか」

母に負けぬくらい華やいだ声をトシ子が発した。

一昨日ふたりで上った坂道を、今日は三人で下ってゆく。車が途切れるのを見計らって車道を渡り、遊歩道に上がる。目の前いっぱいに海が広がっていた。緩やか

な坂を下って、白砂の浜に立つ。

波はまだ荒く、浜は打ち上げられた流木や海藻でうまっていたが、水晶を溶かし込んだように海はただひたすら青く、碧い。熱い湿気をはらんだ潮風が吹き過ぎてゆく。母が、痩せた胸をいっぱいに動かして空気を吸い込んだ。

「懐かしいねぇ……」

「ほんとにね。こうやってると、娘のころを思い出すよ」

隣に並んだトシ子がこたえる。

「よく来たんですか、ここに」

浩が問うと、ふたり揃って頷いた。

「紬織りの工場で働いてたころさ。夜中まで機(はた)を織って、そのあとみんなで浜で遊んだものさぁ」トシ子が言うと、

「楽しかったねぇ」母がつぶやく。

「ねえ。おしゃべりしたり、三味線鳴らして歌ったり踊ったり」トシ子が眼を細める。

「歌？」浩は問い返す。「歌って、あの」

「シマ唄さぁ。浩ちゃんには馴染みがないだろうけどね」

トシ子が短い一節を歌ってみせる。

もしかして。浩は夢中で問う。

「こんな歌、ありませんか」

耳で覚えた歌詞とメロディを口ずさんでみせる。すかさずトシ子がこたえた。

「ああ、そりゃ『いきゅんにゃ加那』だね」

「『いきゅんにゃ加那』？」

トシ子と母が眼と眼を見交わした。そして同時に歌い出す。

――いきゅんにゃ加那　わきゃくとぅ忘れてぃ
いきゅんにゃ加那　うたちゃうたちゃが　行きぐるしゃ
そら行きぐるしゃ――

波が浜に打ち付ける。

上空を鳥たちが鳴き交わしながら飛んでゆく。

「それは、あのどういった意味の」急き込んで浩が尋ねると、

「いきゅんにゃは『どこかへ行くの』、加那は『かなしいひと』」トシ子がこたえる。

「『かなしいひと』って」

「かなしいは愛(かな)しい、愛(いと)しいって意味さぁ。つまり『どこかへ行ってしまうの、愛(いと)しいひとよ』。嫁に行ったり、働くためにシマを出たり……お別れのときに決まって歌う唄だよねぇキクちゃん」

「……ああ」

水平線の彼方を見つめながら母が頷いた。

そうか、そうだったのか。母の横顔に浩は視線を落とす。母が歌っていたのは、別れの唄。愛しいひとと別れゆく、惜別の想いを込めた唄——

白うさぎが跳ねるように波濤が砕ける。

波の引いてゆく音がひとのざわめきに聞こえる。

「……時間、大丈夫かい浩ちゃん」

トシ子のことばに、浩ははっと我に返り、あわてて腕の時計を見る。家を出てから一時間が経っていた。

「そうですね……そろそろ」

浩はタクシーを呼ぶため、バッグに手を突っ込み携帯を探す。

「これさ、おやつに食べてよキクちゃん」

トシ子が手提げからビニールの袋を取り出し、母に手渡した。なかを覗き込んだ母の顔がぱっと輝く。

「フチモチじゃないか。トシちゃんがこさえたのかい」

「ああ。春に摘んだフチがまだ残ってたからね」

フチモチ。携帯を手に、浩は記憶を辿る。

ああそうだ、月桃の葉でくるんだヨモギ餅だ。黒糖が練り込んであるので見た目は真っ黒だけれども、甘くてほろ苦い、素朴な味がした。里帰りのたび、母や叔母がよく作ってくれたっけ。

母が袋からひとつ、フチモチを摘まみ上げる。月桃の葉を開くと、生姜に似た爽やかな香りが広がった。目を閉じて、母がその匂いを吸い込む。

「いま食べてもいいかい」

「もちろんさぁ」

震える指で、母が黒いフチモチを小さくちぎり取り、口に入れた。眼を細め、舌で転がすようにして味わっている。そのすがたをトシ子がじっと見つめている。

「甘いね、美味しいねぇ」

母の顔がほころぶ。大輪の花が咲くように、顔じゅうに柔らかな笑みが広がる。

笑ってる。母さんが笑っている。こころが震え、おおきく波打つ。戻って来た、大好きな母さんの笑顔が――

母が、トシ子にもフチモチを手渡す。笑い、声高に喋りながら並んで食べるふたりのすがたは、まるで少女に戻ったかのように見える。

いつまでもそんなふたりを見ていたい。浩は強く思う。けれど、でも。

ふたりから無理やり視線を外し、左手に持った携帯に浩は目を落とす。タクシーを呼ばなくては。飛行機に遅れてしまう。登録してあるタクシー会社の電話番号を探し、画面に表示させる。

ひときわ高い笑い声が上がった。母がトシ子の腕を握りながらなにか話しかけている。一点の翳りも苦しみもないその笑顔。

浩の指が止まる。

なんのためにここまで来たんだ。

じぶんの目的はなんだったのだ。

ふたりの笑い声が、浜へ海へそして空へと広がり、吸い込まれてゆく。

潮風に吹かれながら、浩は笑い声にじっと耳を澄ませる。


どこからか飛んできた桜の花びらが、一枚二枚と浩のからだにまとわりつく。そっと指で摘まみながら、霞（かすみ）がかかったような三月後半の空を浩は見上げる。

春が来たんだなぁ。また、春が。

立ちつくす浩の横を何人ものスタッフが通り過ぎてゆく。あとにつづいて浩もオレンジ色の本部テントへと急ぐ。

テントのなかは、見慣れたオレンジ色のTシャツを着たスタッフですでにごったがえしていた。春の〈ぐるフェス〉は今日、三月二十日、春分の日が初日だ。浩は夏海のすがたを探す。テントの中央、段ボールが山と積まれたテーブルに座っている夏海を見つけ、浩は小走りで近づく。

「京極さん」

声をかけると、パソコンに向かっていた夏海が顔を上げた。浩を認め、頬が緩む。

「あ、中村さん。また今回もよろしくお願いしますね」

「こちらこそ。ずっと不義理を重ねてしまい、申し訳ありませんでした」

「不義理だなんて、そんな。あ、お母さまのこと……ご愁傷さまでした、本当に」

立ち上がり、深々と頭を下げる夏海に、浩も腰を折った。

「ありがとうございます。それで今回、ぼくは」

「いつもと同じ清掃管理部です」

「了解です。で、あのどのチームに入れば」

「それは彼に聞いてください」

「彼？」

首を傾げると、夏海の瞳がいたずらっぽく光った。

「浜口くーん。中村さん、来たよ」

「え」

「あ、はい」

奥の控え室から、太一があわてたように走って来、夏海の横に並んだ。

「今回は浜口くんがチーフです。面倒見てやってくださいね」

ばん。夏海が思い切り太一の背中をはたいた。げほげほと太一が咳き込む。

「そうなんだ……浜口くんがチーフに……」

驚きと、それを上回る喜びが浩の胸にわき上がる。

「チーフって言っても今回が初めてなんで。よろしくお願いします」

照れたように言い、太一が真新しいTシャツを浩に差し出した。受け取り、控え室で着替える。なかに戻ると、コーヒーのカップを持った太一が待っていた。

「開園までまだ時間あるんで、ちょっと裏に行きませんか」

差し出されたカップを受け取り、浩は頷く。

テント裏には前と同じくパイプ椅子が並んでいる。開園を待つスタッフが幾人か時間をつぶしていた。

「……お母さん、亡くなられたんですよね」

椅子に座った太一が、カップを見つめながら言う。

「うん、今年の二月末に。秋のとき医者からは『もって三か月』と言われてたから、倍くらいがんばったと思うよ」

コーヒーを啜り、浩はこたえる。

「……見つかったんですか、お母さんの探してた家」

カップから眼を離さずに太一が問う。

「見つかった。……浜口くんのおかげだよ、ありがとう」

「いや、おれはなにも。で、お母さんの家って結局」

「奄美だったよ」

「奄美？」

驚いたように太一が浩を見る。カップを膝に置き、浩は話し始める。

帰るつもりだったけれど思いとどまったこと、家族を説得して名瀬で暮らしつづけたこと、生まれ育った家で、古い友だちに囲まれて過ごした母は、最後までとてもしあわせそうだったこと――

「……息を引き取る寸前に言われたよ。……『ありがとな』って。『ありがとな、浩』って……」

最期は康子、若菜、恵子そしてトシ子と五人で、奄美の家で看取ることができた。浩が右手を、恵子が左手を握るなか、母は深く、長い息を吐き――心臓は動きを止めたのだった。

庭では早咲きの緋寒桜（ひかんざくら）がちょうど満開を迎えていた。舞い散る桜吹雪のなか、穏やかにまぶたを閉じた母の顔を、一生忘れないだろうと浩は思う。

「……よかったですね、中村さん」ぽつりと太一がつぶやく。

「ほんとうに、よかった……」

「……うん」

風が吹く。

芽吹いたばかりの柔らかい若葉が揺れ、木洩れ日がちらちらと踊る。

「こんなとこにいたんすか」

若い男の声がし、浩は顔を上げる。オレンジのTシャツを着た高田裕二が横に立っていた。

「高田くん」

「また同じチームっす。よろしく中村さん」

「こちらこそよろしくね」

「あ、そろそろ開園の時間だ」

太一が立ち上がる。つられて浩も腰を上げた。顔に笑みを浮かべた裕二がすっと浩にからだを寄せてくる。

「中村さん、知ってます？　こいつ、いや浜口さん、もうすぐ子どもが生まれるんすよ」

「え⁉　そうなの浜口くん」

驚いて太一の顔を見る。太一ががりがりと頭を搔いた。

「いや、まあ……そうなんですけど」

「予定日はいつなの？」

「四月十八日です」

「そうか、そうだったのかぁ……」

噛みしめるように浩はつぶやいた。

「おめでとう、浜口くん」

右手を差し出す。照れているのだろう、浩の顔を見ないまま、その手を太一が握った。

開園を知らせるアナウンスが園内に響きわたる。

「さ、今日もがんばりますか」

手を離した太一が、うーん、と大きく伸びをした。

「え、チーフの浜口くんも現場に？」

尋ねると、太一がふたたび頭を掻いた。

「人手、足らなくて。チーフっつっても、やることは前と同じですよ」

言い、先に立って歩き出す。その後ろを、裕二、浩の順でついていく。

清掃用具を持ち、本部テントを出る。開園と同時に押し寄せた客で、すでに園内は混み合っている。立ち止まり、浩は賑やかな園内を見渡す。

かすうどんとほうとう屋は、今回も並んで営業している。ひとの波を縫って、車椅子の女性が進んでいく。押しているのは妹だろうか、面立ちのよく似た女性だ。

〈中華そば紅葉(もみじ)〉に、ひぐまのごとき大男が並んでいる。確か彼は去年店長をしていたはずだ。目を凝らすと、アシスタントだった若い男性が厨房(ちゅうぼう)に立っているのが見えた。

ステージから歌声が響いてくる。聞きなれたあの声、きっと去年と同じアイドルのあの子だろう。

母が亡くなり、若菜が無事志望の大学に受かったこの春、浩もそろそろ再就職活動を始めなくてはならない。この半年でずいぶん家計が苦しくなってしまった。

けれど今の浩の居場所はここだ。ここで、この場所でせいいっぱい生きることが、きっと確かな明日へと繋がっていく。

「行きましょうか」

太一がそっと浩の背を押した。

頷いて浩は一歩、緑に芽吹き始めた大地に足を踏み出した。

【解説】猫は見抜いていた

成田名璃子

　まず、中澤作品を語るうえではずせない、猫のことについて記したいと思う。

　私と中澤日菜子（なかざわひなこ）さんが出会ったのは、二〇一八年のこと。くまざわ書店南千住（みなみせんじゅ）店にて『作家31人合同サイン会まつり』なるクレイジーなイベントが開催され、中澤さんも私もメンバーだった。そのご縁でフェイスブック上でも交流がはじまり、三年前のとある記事で、中澤さんご一家が保護した猫を世話していることを知った。どうやら、里親も探しているようだった。

　記事をシェアしたところ、ちょうど猫を迎えたいという私の友人から相談があり、私が中澤さんと友人を橋渡しさせていただくことになった。

　それで猫と中澤さんの作品にいったいどんな関係が？　というと、これが大いにあるのだ。

　世の中には、のら猫を保護する人としない人がいる。だが保護する人はかなり少数派ではないかと思う。これは、しない人が冷たいということでは決してない。猫を保護するというのは望んでもできることではなく、あくまでも猫に選ばれし人々だけに許される栄えあるお役目なのである。

つまり、中澤さんとそのご家族は猫に選ばれし人だ。そして、猫がとりわけ見込んだのは、彼女の放つ、ふわふわのブランケットがくれるような懐かしいぬくもりではないかと思うのだ。このぬくもりは中澤作品にあまねく存在していて、いつしか冷えきっていた、しかし自分の手ではどうにも届かない心の奥底をふんわりと包んであたため直してくれる。

そうか、では自分もぬくもりを積極的にアピールすれば猫に見初めてもらえるかも、と思ったあなた。それだけでは足りません。

猫を満足させるにはもう一つ、ちょっと斜めな雰囲気というのもおそらく大切だ。この人間は、ほかのやつにはないものがある。ちょっと世話をさせてやってもいいかもしれない。飽きなそうだし。そう思わせなくては。

猫は一瞬で、中澤さんのもつひと味違った面白さをも見抜いたのだと思う。

このことは、先述のぬくもり同様、作品を読むことでより鮮やかに浮かび上がってくる――設定の妙である。

この舞台にそんな背景の人物を持ってくるの？　え、この人じゃなくて、その人の視点からこの物語が語られるとは！

中澤さんの設定はちょっと斜めで、思わずページを先に繰らせる企みに満ちているのである。

もちろん、今作『お願いおむらいす』でも、ふわふわのぬくもりと、斜めな設定は存分に発揮されている。

物語の舞台は、ぐるめフェスタ、通称ぐるフェス。五つの短編で構成され、主人公はすべてぐるフェスに集う誰かである。各物語の素晴らしさを、いち中澤日菜子ファンとして、僭越ながらご紹介させていただきたい。

まずは一話目、「お願いおむらいす」である。

主人公はプロのギタリストを目指す青年・太一で、同棲相手から「できました」と告げられる。赤ん坊である。

「まだ二十四だし、やっぱ就職とかそんなん今すぐには」

うろたえる太一だが、同棲相手の涙を見て黙る。

二週間後、太一は状況に巻きとられるようにして、音楽業界では名のある有名企業に就職した。しかし、いざ初出勤してみると音楽業界とは名ばかりで、同社の清掃部門に配属になってしまう。

ここまでをさらっと読ませてしまうのだが、ギタリスト志望の青年を清掃業へと転身させる不自然でないストーリーの流れ――すごいの一言である。

さて、勤めるぐるぐるフェスの清掃員が初仕事。冴（さ）えない五十代の男性や茶髪の若い男性とチームを組むことになった太一の行く末やいかに。当然、理想とかけ離れた現場にスムーズに馴染（なじ）めるはずもなく、慣れないゴミ拾い、喧嘩（けんか）の仲裁、突然の豪雨など次々と困難に見舞われる。

お人好しでどことなく頼りない太一はどんどん追い詰められていくのだが、トラブルに巻き込まれた際にみせる予想外の勇姿（ゆうし）はユーモア抜群で、気がつけばエールを送ってしまう。

社員とバイト、理想と現実、独身と家族持ち、さまざまな対比を孕（はら）んだ物語のなかで、太一はどちらの極を選ぶのか。

現実を辛（つら）いと感じる心、人間の持つ弱さを否定せず、あたかもオムライスの卵のようにふんわりと包み込む台詞（せりふ）の数々は、おそらく読む人すべての現実をも包み込んでくれるはずだ。

二話目、「キャロライナ・リーパー」である。

主人公が漫画家、というのはまあありそうなのだが、そうではなく中澤さんが主役に選んだのは漫画家の妹だ。またしても設定の意外さに「おお」と声が出る。いかにも脇役といった感のある妹のドラマとはいったいどんなものなのか。ついせっかちにページをめくってしまう。

件のぐるフェス会場で、普段は離れて暮らす家族と落ち合った主人公・歩子。性格が似通っているゆえにぶつかりがちな父親と、売れっ子漫画家として活躍するおっとりとした姉とは久しぶりの再会なのだが、会って早々、父親とは剣呑な雰囲気になってしまう。その描写がリアルで、もはや親戚の家庭を見守っている心もちである。

姉は、乳がんで早世した母の代わりとして歩子を育ててくれたのだが、なんだか打ち明けづらい事情を抱えているようだ。

賑やかなフェス会場と、変わらぬおっとりとした様子の姉、いつにも増してかたくなな父。読者の心にひたひたと浸潤してくる不吉さがある。やがて訪れる告白のとき、苦い現実が家族を襲う。しかもここで終わりではなく、さらにほろ苦い現実が余震のように押し寄せる。

父親は昭和の頑固偏見おやじそのもので、読者の、特に女性の神経を逆撫でする無神経発言のオンパレードだ。しかし、娘たちが打ちのめされる最後の最後に、昭和を生き抜いた頑固おやじだからこその、逞しくしぶとく、そして骨太な台詞で子どもたちを包み込む。敢えて引用はしないが、ぜひ本文で注目してほしい。辛いことがある度に、この父親の台詞を私も再読しようと思う。

さあ、三話目は「老若麺」である。

今度はまたどんな設定を仕掛けてくるのかと、わくわくしてページをめくる。舞台はぐるフェスに出店中のラーメン店〈中華そば紅葉(もみじ)〉だ。主人公は、店を任された店長・天翔(てんしょう)、ではなくその手伝いの男・崇(たかし)のほうである。またしても主役級の人物ではなくちょっと斜めな設定に、わくわくとした気持ちで読み進める。

天翔は、紅葉の創業者にして本店の師匠から、今回のぐるフェスにエントリーした全店の中でもしも一位を取れたら、そのときは暖簾分けしてやってもいいと告げられている。あとから入ってきた弟子に次々と先を越され、師匠のもとで飼い殺しにされてきた天翔にとって、降って湧いたような大チャンスである。

そのプレッシャーからか、天翔は序盤から殺気だっており、主人公の崇を「遅かったじゃねぇか、崇」だの「さっさと切れ、さっさと！」だの、激しく責める。

主人公の崇はといえば、前職では鬱病と診断されて退職し、現在は〈中華そば紅葉〉で修業中。無事に暖簾分けしてもらえるまで、妻と子どもたちは妻の実家で暮らすことになっているから、しばらくは単身赴任の身だ。大丈夫なの、崇⁉ こんな環境でまた鬱病になったらどうするの⁉ などと、いらぬ心配まで抱いてしまう。

しかし読み進めるうちに、「任された仕事は真面目にこなす。おれは適当に済ませることができないタイプだ」という崇の、丁寧な仕事ぶりと繊細な舌に気がつきはじめる。

事実、後輩である崇のほうが、今の味になにが足りないか、客はなぜ入店に二の足を踏むのか、正確に分析できているのである。

もしや、店を本当に任されたのは崇のほうなのではないか。

読者が気づきはじめる頃、閑古鳥のなく紅葉では、ついに天翔が自棄をおこし、ラーメンづくりを放棄して出ていってしまうのだが——。

現実から逃げて、逃げて、たどり着いた二人が立ち上がる時、見えた真実とは。

登場人物たちの一途さに、じいんと来てしまった。

四話目は、「ミュータントおじや」である。

今度の主人公は、ぐるフェスに設けられたステージで歌うアイドル・美優だ。タイトルにもなっている『お願いおむらいす』という歌を、物語のあちこちで響かせているのは彼女である。

十四のときに上京し、十五のときに五人組のアイドルグループに抜擢された。とんとん拍子にメジャーになったグループはしかし、人気が冷めるのも早かった。

グループは五年で解散。今も芸能界で生き残っているのは、センターをつとめていたあすかと、美優の二人のみである。あすかは若手演技派女優の道へ、美優はかたくなにアイドルの道にこだわって今に至るのだが、「アイドルという名の満員電車に、なんとかかろうじて乗っている状態」だった。

一方、あすかのほうはキャリアも順調で、ドラマで人気俳優の相手役に抜擢されていたりもする。

スタートは同じだったのに——。

このままでいいのだろうか、自分はどこへ向かっているのだろうか、何者かになれるのだろうか。

若い自尊心は、ありのままの自分を許さない。

ファンの前では笑顔でも心の中は波打っているなか、美優はもともと優しいのだろう、熱心なファンの中学生・瑠輝亜をうっかり居候させるはめに陥ってしまう。

この瑠輝亜がかなり強烈である。空気が読めない、悲惨な家庭環境が透ける、美優への愛が重い。「深い森でようやく同類を見つけた野ねずみのように」美優につきまとう。

何事も思い詰めがちな年頃の瑠輝亜を、当初、美優は腫れ物扱いにする。

家庭という場所を追われている瑠輝亜と、アイドルという居場所を追われつつある美優。二人はまさに同類の野ねずみなのだが、二人ともそうとは知らずに寄り添っている。この絵がなんとも切ない。

とはいえ、似たもの同士が必ずしも上手に寄り添いあえないのは世の常である。なにせ瑠輝亜は美優のプライベートに土足で入り込んできているため、美優のほうはプライベートでもアイドルの仮面をかぶりっぱなしである。どんどんアイドルとしての自分を繕えなくなっていく。

やがて美優の我慢が臨界点に達した時、二人が手に入れたのは希望か、絶望か。どちらに転んでもおかしくない危うい二人だからこそ、最後まで目が離せない。

そして、最終話は「フチモチの唄」である。

ここで物語の時間軸が巻き戻り、第一話の終わりあたりの場面へと誘われる。おお、ここで時が戻るのか、と、物語世界を前のめりに覗（のぞ）きこんでしまう。

今度の主人公は、第一話で太一から貧相と評されてしまった五十八歳の浩（ひろし）である。

突然の豪雨に見舞われたぐるフェスの会場では、屋根にたまった水の重さで、飲食ブースのテントが倒壊の危機に瀕（ひん）する。

浩からすると、本来の所属とは関係のない飲食ブースでの出来事だが、真っ先に駆けつける。そうして、もうダメだというところまでポールを支えながらも、のんきに過去の回想にふけるのである。

そんな場合ではないぞ、浩！　と突っ込みたくなるのだが、どんなに大変な状況でもこころの一部はゆったりと余裕がある。

第一話での含蓄（がんちく）のある言葉も相まって、浩はむしろ生きることの達人なのではないかと思わされる描写が冒頭からちりばめられている。貧相だったはずの浩という人物像が、心の中でどんどんふくよかに膨らんでいくのが楽しい。

そんな浩だが、なかなかの苦労人である。高校卒業から約四十年、一途に勤めた家電メーカーの経理職を突然の早期退職勧告によって追われ、自宅では大学受験を控えている一人娘、専業主婦の妻、そしておそらく認知症を患う母を養っている身だ。どうにかバイトにありついている不安定な状況で、正社員になりたての若者・太一を気にかけてしまう人の好さ。浩、そんな場合じゃないぞ！

そんな綱渡り状態だった家族に、ついに決定的な事件が襲いかかる。浩の母が、徘徊(はいかい)したあげく道ばたで倒れたと病院から緊急連絡が入ったのである。しかも、認知症の進んだ母はさらなる病魔におかされており、ついに余命宣告までされてしまう。

妻は「ごめんなさい」と義母の病状に気づけなかった己を責め、娘は家の経済状態をおもんぱかって志望校を変えると言いだす。一方で、浩の実の妹は、なぜ一緒に暮らしていながら、母親の病状に気づかなかったのかと浩を責めたてる。酷(ひど)いようにも思えるが、家族だからこそのやるせなさのぶつけあい。胸に残るシーンである。

人生の最期へと向かう母は、「帰りたい」と繰り返す。しかし、彼女が帰りたがっている場所がどこだか浩にはわからず、周囲をも巻き込んで悩む。答えのヒントをくれたのは意外にも——。つづきを読む際はハンカチとティッシュをくれぐれもお忘れなく。

さあ、バラエティ豊かに、ちょっと斜めな角度から誰かの人生を覗ける本作。あの人物がここに、この事件があそこでも、など、連作短編ならではの発見の喜びが随所に仕掛けてあるのでどうぞお楽しみに。

また、推しどころとして決してはずせないのが、各話を彩る料理たちである。出汁(だし)が香るかす抜きかすうどん、じゃっかん冷えてしまったピザマルゲリータ、洗面器と見まごう大きさの天盛りラーメン、おじやが突然変異したような不思議な味のミュータントおじや、月桃(げっとう)の葉で包んだ想い出のよもぎ餅。

その時、その場所で、その人と食べなければ美味しくなかった料理というものが確かに存在する。

作中のこれまた斜めな絶品グルメたちは、登場人物たちだけではなく、読者のお腹(なか)もまたじんわりとあたためてくれるはずだ。

あなたはどの話に、あるいは料理にもっともひかれるだろうか。

魅惑の中澤ぐるフェスワールド、存分にご堪能ください。

（なりた　なりこ／小説家）

―――本書のプロフィール―――

本書は、二〇一九年七月に単行本として小学館より刊行された同名小説作品に、加筆・改稿し、文庫化したものです。

小学館文庫

お願(ねが)いおむらいす

著者 中澤日菜子(なかざわひなこ)

二〇二三年六月十一日　初版第一刷発行

発行人　石川和男
発行所　株式会社 小学館
〒一〇一-八〇〇一
東京都千代田区一ツ橋二-三-一
電話　編集〇三-三二三〇-五八二七
販売〇三-五二八一-三五五五
印刷所 ―――― 大日本印刷株式会社

この文庫の詳しい内容はインターネットで24時間ご覧になれます。
小学館公式ホームページ　https://www.shogakukan.co.jp

ISBN978-4-09-407264-8